给孩子讲宋词

方州 编著

中国华侨出版社
·北京·

图书在版编目 (CIP) 数据

给孩子讲宋词 / 方州编著 .—北京：中国华侨出版社, 2008.03（2024.1 重印）
ISBN 978-7-80222-582-4

Ⅰ．①给… Ⅱ.①方… Ⅲ.①宋词—儿童读物 Ⅳ.① I222.844

中国版本图书馆 CIP 数据核字（2008）第 034840 号

给孩子讲宋词

编　　著：	方　州
责任编辑：	刘晓燕
封面设计：	朱晓艳
经　　销：	新华书店
开　　本：	710 mm×1000 mm　1/16 开　　印张：13　　字数：160 千字
印　　刷：	三河市天润建兴印务有限公司
版　　次：	2008 年 3 月第 1 版
印　　次：	2024 年 1 月第 2 次印刷
书　　号：	ISBN 978-7-80222-582-4
定　　价：	49.80 元

中国华侨出版社　北京市朝阳区西坝河东里 77 号楼底商 5 号　邮编：100028
发 行 部：（010）64443051　　　传　　真：64439708
网　　址：www.oveaschin.com　　E－mail：oveaschin@sina.com

如果发现印装质量问题，影响阅读，请与印刷厂联系调换。

前 言
Preface

词，又称长短句，在中国历史上，以宋朝时期词的成就最高，所以人们常以唐诗宋词并称。宋词不乏唐诗的意境，又多了一份词的韵味，读来朗朗上口，不但为当时的文人墨客所喜爱，也常为后人、包括今天的人们所吟诵。

那么，我们为什么要鼓励家长给孩子讲宋词呢？

简单地说，因为从宋词中能讲出人生的情趣读出文学的高雅。

宋词的精髓在一个"美"字：有伤感之美，有豪迈之美，有"小桥流水人家"的情趣之美，有"壮怀激烈"的胸怀之美。在对这些不同类型的"美"的晶读中，让孩子可以体会到文字的力量，也可以感悟到情怀的丰满。

宋词的力量在于一个"悲"字。最震撼心灵的戏剧都是悲剧，同样，宋词也是一种悲剧的艺术：那些最打动人心的词大都是写的悲情，那些最有成就的大词人大都是悲剧人物。让孩子从悲情与悲剧中了解人生，是促其健康成长的最佳方法。

更重要的是，可以让孩子在对宋词的吟诵中晶悟人生。

宋词中有描写边塞生活的，有描写市井生活的，有描写宫廷生活的。

通过品味宋词，不仅可以得到艺术上的享受，还可以从这些文字中走进那个时代，走进那个时代的生活，也走进词人的内心世界。

宋朝的中、晚期，随着金、元的不断入侵，战乱频繁，在正义与非正义的较量中，涌现出一批可歌可泣的文臣武将，其中既有传奇色彩的杨家将、岳飞等，也有辛弃疾、陆游等爱国词人，让我们在宋词中去体味那些民族脊梁们的爱国情怀，感叹之余，也奉上我们无限的敬意。

每一个特定的时代似乎总会出现一些让人伤怀的事情，这事情的进一步深化便成了历史上的悲剧，有受封建礼教束缚的爱情悲剧，也有爱国志士遭佞人谗害致

死的悲剧：更有大好河山落入旁人之手的千古遗恨在这一幕幕的悲剧中，词人用他们特有的手法书写着、记录着，留给后人深深的启迪。

抒情是宋词创作的主要动因之一，在这些言志、抒情的词篇中，有对现实生活的无奈，有对当政者的不满和愤慨，也有对人生的真实感悟这些都是作者真实情感的流露，也是前人对世事、人生百态的看法，让孩子深悟其中的智慧和思想，有助于现实中指导自己的生活。

宋词是中国古典文学报库中的一块宝玉，早点让孩子听宋词、读宋词、学宋词，了解词作背后许多感人至深的故事，是提高文学素养、培养丰富情感的好办法，家长朋友们不可不一试。

目 录
Contents

第一辑 生活之情篇

　　文学的核心就是对现实生活的描述和演绎，宋词作为一种优秀的文学体裁的代表，也有许多描述社会生活的佳作，其中有描写边塞生活的，有描写市井生活的，还有的是描写宫廷生活的。通过品味宋词，不仅可以得到艺术上的享受，还可以从这些文字中走进那个时代，走进那个时代的生活，也走进词人的内心世界。

1. 辞官闲居的乡土之乐 / 002
2. 畸形的都市生活 / 005
3. 昏君奸臣压榨民众 / 008
4. 山抹微云的女婿 / 010
5. 可辨善恶的桂花树 / 014
6. 看破红尘，归隐孤山 / 016
7. 自负改词者被人讥笑 / 019
8. 弄潮儿向涛头立 / 022

2 第二辑　爱国豪情篇

"人生自古谁无死，留取丹心照汗青"，这是南宋时期文天祥留给我们后人以震撼人心的诗句，在宋朝的中、晚期，随着金、元的不断入侵，战乱频繁，在正义与非正义的较量中，涌现出一批可歌可泣的文臣武将，其中既有传奇色彩的杨家将、岳飞等，也有辛弃疾、陆游等爱国词人，让我们在宋词中去体味那些民族脊梁们的爱国情怀，感叹之余，也奉上我们无限的敬意。

1. 人生自古谁无死 / 026
2. 昭仪、丞相共吟满江红 / 031
3. 遭小人陷害的民族英雄 / 033
4. 抗金名将难觅知音 / 037
5. 历史上文人的爱国情节 / 039
6. 大好河山何日收回 / 041
7. 范仲淹戍边填词 / 043

3 第三辑　追忆往昔篇

人至中年或暮年时回首前段人生总会有许多感悟和感慨，有对以前生活的回味，还有对世事的追忆，这种感受在文人们的笔下便以文字的形式流传了下来，通过阅读这些作品，可以在文字中追忆似水年华，于笔端下体味人生，让我们阅读宋词，阅读那些古人们心之所想、所悟、所感、所叹……

1. 少年不识愁滋味 / 048
2. 醉心于山水的仲殊和尚 / 050
3. 阴阳相知的思念 / 053
4. 寂寞沙洲冷 / 056
5. 三更渔歌忆往事 / 060
6. 追往事叹今吾 / 062
7. 登高楼凭吊古人 / 065

第四辑 友情篇

"有情风万里卷潮来,无情送潮归",书生文人对友情都有特殊的感受,这从他们的作品中可以看出来,而宋词中关于友情的故事也不在少数,著名的有辛弃疾、陈亮的鹅湖之会,苏轼、参寥子的真挚友谊,以及岳飞后人岳珂与辛弃疾的忘年交……文人之间的友情更多的是一个"义"字,他们大多会在朋友们身陷困境时不顾个人安危伸出援助之手,所谓"人生得一知己足矣,斯世当同怀视之"也正是许多文人对朋友态度的真实写照。

1. 小神仙难舍尘缘 / 070
2. 赋佳作以谢恩人 / 072
3. 鹅湖之会 / 075
4. 知音续佳作 / 079
5. 送友得佳句 / 082
6. 凭才艺进见太守 / 084
7. 岳飞后人助辛弃疾改词 / 087

第五辑 婉约爱情篇

在历史的长河中,爱情贯穿了美和理想所及的任何角落,关于爱情,有人相信海枯石烂,天天是海誓山盟、夜夜是地久天长;在爱情最浓烈的时候离别,声声都是对时光无常、世事无常、前程无常的控诉;也有人说爱情是盛开的红玫瑰,是别离时的悲伤,是寂寞时的相思……宋词爱情卷讲述的就是一幕幕悲欢离合、生死相许的爱情故事,在词中体味古人情真意切的爱情故事吧。

1. 历史学家的丰富情感 / 094
2. 让苏轼赞赏的爱情词 / 097
3. 天涯何处无芳草 / 100
4. 牛郎与织女的爱情典故 / 104
5. 自古多情伤离别 / 107
6. 赋佳词赠别夫君 / 110
7. 因词与爱妾同行 / 114
8. 女词人与夫君浪漫郊游 / 117

第六辑 悲情篇

每一个特定的时代似乎总会出现一些让人伤怀的事情，这些事情的进一步深化便成了历史上的悲剧，有受封建礼教束缚的爱情悲剧；也有爱国志士遭佞人谗害致死的悲剧；更有大好河山落入旁人之手的千古遗恨……在这一幕幕的悲剧中，词人用他们特有的手法书写着、记录着，留给后人深深的启迪。

1. 痴情女泪别负心郎 / 122
2. 身为阶下囚的皇帝 / 124
3. 因词作知生命将终结 / 126
4. 亡国之音的《后庭花》/ 129
5. 悲歌一曲恨千秋 / 134
6. 伊人已去，情郎断肠 / 137
7. 胡笳十八拍 / 140
8. "愁"字化身的女词人 / 145

第七辑 言志抒情篇

托物言志是古诗词常用的形式之一，而抒情也是诗词创作的主要动因之一，在这些言志、抒情的词篇中，有的表现出对现实生活的无奈，有对当政者的不满和愤慨，也有对人生的真实感悟……总而言之，这些都是作者真实情感的流露，也是前人对世事、人生百态的看法，读之有益，有助于深悟其中的智慧和思想，有助于现实中指导自己的生活……

1. 人世间情是何物 / 150
2. 周郎火烧赤壁 / 153
3. 王安石之弟咏春言志 / 158
4. 有志少年终圆梦 / 161
5. 咏梅以言志 / 163
6. 繁华背后的孤独 / 166
7. 悬梁刺股，追求成功 / 169

第八辑 杂咏篇

　　词人创作有时候是兴之所至，灵感来时，随即赋上一曲以抒怀，表达自己此时的心绪，词人有时月下赏景，浮想联翩，穿越时空，也就有了怀古咏史的词作；登高望远，一览天下，一时雄心壮志涌起，也便产生了豪放抒情的佳句，这些词作不拘泥于传统的创作风格，完全是词随心动，心所想之处即是笔下文字所及之处，凡此种种，不一而足，故暂时命其为杂咏之作。

1. 五十首词难敌三句佳作 / 178

2. 关于欧阳修的文坛公案 / 181

3. 自称天帝的"山水郎" / 184

4. 众女子过江拜访只为求词 / 187

5. 有饮水处即有其词的歌者 / 191

6. 人生不同时期的听雨感受 / 194

1 第一辑

生活之情篇

文学的核心就是对现实生活的描述和演绎，宋词作为一种优秀的文学体裁的代表，也有许多描述社会生活的佳作，其中有描写边塞生活的，有描写市井生活的，还有的是描写宫廷生活的。通过品味宋词，不仅可以得到艺术上的享受，还可以从这些文字中走进那个时代，走进那个时代的生活，也走进词人的内心世界。

1 辞官闲居的乡土之乐

清平乐（村居）
辛弃疾

茅檐低小①，溪上青青草②。醉里吴音相媚好③，白发谁家翁媪④？大儿锄豆溪东，中儿正织鸡笼；最喜小儿亡赖⑤，溪头卧剥莲蓬⑥。

注释

①茅檐低小：低矮的茅屋。

②溪上：溪边。

③吴音：柔媚的江西一带口音。辛弃疾这时候居住的江西上饶地区，是春秋时吴国的地方。

④翁媪：老头儿和老妇人。以上两句的意思是：哪家的老翁和老妇操着悦耳的吴音，在亲切愉快地交谈？

⑤亡赖：调皮。亡，通无。

⑥溪头：小河边。

译文

芳草青青的溪头，有一座低小的茅屋。不知谁家的老翁和老妇，操着悦耳的吴音在闲谈取乐。大儿子在溪水东面的豆地里锄草，二儿子正在编织鸡笼，最顽皮可爱的小儿子，斜卧在溪水边剥吃莲蓬。

背景故事

辛弃疾是我国历史上著名的爱国词人，他出生于北宋将亡之际，从小就受爱国思想影响，立志收复失地，报效祖国，但当时南宋朝廷投降派占据上风，他曾被削职，闲居在家。辛弃疾从小是在农村长大的，所以他对农民有着深厚的感情。对于农民的劳动，他曾说："人生在勤，当以力田为先。"就是说，人生在世，应该勤劳；而从事耕种，更应是人生的第一需要。所以，他不但把自己的新居称为"稼轩"，而且还用"稼轩"这两个字做自己的别号。他罢官后，一直过着闲居的生活。附近的农民都知道他做过大官，开始关系比较疏远，但经过交往，看到他平易近人，逐渐关系越来越密切了。

在"稼轩"附近，有一座简陋的茅屋，那里住着吴老汉一家。因为是邻居，所以辛弃疾与这位吴老汉认识得最早。每次外出散步，辛弃疾经过吴老汉家门时，有时就进去歇歇脚，聊上几句天。

六月的一天，辛弃疾在原野上骑马跑了一阵，感到有些疲乏，便牵着马慢慢地往家走。猛抬头，只见吴老汉那座低矮茅屋前面，一株枇杷树已经结出累累果实，在阳光下闪着金黄色的光。此时，吴老汉正兴致勃勃地摘着熟透了的枇杷。

辛弃疾刚要打招呼，吴老汉已经看到了他，便招手说：

"来我老汉家坐一会儿吧，尝尝刚摘下的新果子。"

辛弃疾感到一阵欢喜，便把马拴在一棵树上，走进吴老汉家的小园子。

两人饮酒尝果，自得其乐，辛弃疾喜爱吴老汉一家的淳厚朴实，乘着酒兴，他对吴老汉说：

"酒喝足了,果子也吃好了,怎样表示谢意呢?这样吧,我就用《清平乐》的调子唱一首歌给你听,怎么样?"

"好呀,只怕老汉听不懂你那文绉绉的一套。"吴老汉笑着说。

"你一定能懂。不信我唱给你听听。"辛弃疾说到这里,便满有信心地轻声吟出了这首《清平乐》。

吴老汉听后连连叫好,"不过,"吴老汉的脸色严肃了起来,接着说道:"你把我们庄稼人的日子说得太美了,你还不了解我们。你没有仔细看看我们平时过的是什么日子,说实在话,有时我们的日子真比黄连还苦上三分啊!"

是的,由于他们所处的地位不同,也就有了不同的看法。你看,出现在这一时期辛弃疾笔下的农村,往往都是一幅幅恬静、安宁、欢乐的画面。

辛弃疾很少描写农民的苦难与艰辛,更没有讴歌他们的愤怒和抗争。因此,这些词虽然也用清新的笔调写出了农村生活的某一个侧面,但毕竟没能反映出农民们较真实的生活。上下阕都铺陈物事,虽只46字,却如长幅画卷一般,为我们展示了背景广阔的合家欢的景象。作者先描写的是景物:矮小的茅屋前边,小溪潺潺流过,水边碧草青青。这开篇两句一下子照应了题目,写出村居的特色,也设置了人物活动的环境背景。这两笔仿佛给我们描绘了一幅生机盎然的风景画,又像是展示清秋时节水乡风光的全景镜头,显得恬静幽雅而清新悦目。接下来,作者按长幼之序描述了人物的活动。在低小的茅檐下,满头银丝的老两口,一边喝酒,一边用地道的吴地方言互相打趣逗乐,表白亲昵与喜爱之情。"醉里"能吐真言,又用浓重的乡音,足以说明他们"相媚好"的真挚与淳朴。"醉里"一句,非常传神。也很容易激起人们对翁媪神态语言的想象。"白发谁家翁媪?"看去像是明知故问,实则是一种赞叹式的交代,点明"相媚好"者的身份、特征。原来,他们就是村居中的长者,普通的农家夫妇,他们已经满头白发了,却依然卿卿我我、相敬相爱，并且是那么悠闲自得，足见其晚年是多么幸福。下阕写三个儿子的活动。大儿子在小溪东岸的豆子地里锄草，可见他已是家庭的主要劳力了。二儿子在编织养鸡的笼子，从事的是较轻的手工劳动，一个"正"字反映了他的聚精会神、一丝不苟。小儿子最淘气，也最惹人喜爱，他正躺在溪边采摘莲子，剥着莲蓬。三个儿子都在干着力所能及的农活，表现了新一代对劳动、对生活的热爱，也反映了他们对上一代的疼爱，他们已经能够承担所有的家庭劳动了，可以让父母安度晚年了。至此，读者也会明白白发翁媪之所以能有酒醉、相媚好，无忧无虑、悠然而处的原因了，整首词也显得自然流畅，一气呵成，非常严谨。这里，写三个儿子用字也极平易，皆为民间口语，纯然一股乡土气息。综观全词，可以看出，它反映了民间风俗的淳朴、农村社会的安定与家庭的祥和，流露了作者对村居生活的艳羡和寄身田园的惬意，寄寓了作者希冀国家统一、社会稳定、人民安居乐业的美好愿望。由此看来，这些反映农村生活的篇章与抒写抗金情怀的作品在思想性上是有相通之处的。

2 畸形的都市生活

菩萨蛮（赤阑桥尽香街直[①]）

陈克

赤阑桥尽香街直，笼街细柳娇无力[②]。金碧上青空[③]，花晴帘影红。黄衫飞白马[④]，日日青楼下。醉眼不逢人[⑤]，午香吹暗尘[⑥]。

注释

①香街：指妓女聚居的街道。
②笼街：形容街道两旁的柳树把街道包笼起来。
③金碧：形容青楼的精美华丽。
④黄衫：隋、唐时期贵族少年所穿的华贵服装。此处代指贵族少年。
⑤不逢人：看不见人。此处指不理睬别人。
⑥午香：正午时室内所燃的香。

译文

朱红栏杆的桥走到尽头，便是笔直的香街一条，蔽日的柳树摆动着弱枝，显得百媚千娇。金碧辉煌的高楼直插青空，阳光下的花儿把帘子映得鲜红。身着黄衫的贵家子骑着白马，天天都聚在这青楼之下。乜斜着眼旁若无人，正午时的幽香正和着门外弥漫的烟尘。

背景故事

陈克是宋代词人，曾在都城汴京为官，当时在汴京城里有一个最繁华的地方：河上架起的是两旁护有朱红栏杆、桥面十分宽阔的木桥，向前望去，桥的尽头是一条笔直的长街。长街的两旁杨柳依依，浓荫匝地，把整个长街都几乎罩住了。那柔轻油绿的柳枝随风飘拂，使人感到是那样弱不禁风。

留神一下街道两旁的房子，一幢幢竟是那么精致，雕梁画栋，朱帘翠幕，装饰得五彩缤纷，金碧夺目。这一座座令人神迷的建筑，衬上高远晴朗的蓝天，谁都觉得精巧美丽，远远地望上一眼都令人陶醉。

走在这样的长街上，谁都会有些微微的陶醉，因为送到你鼻孔中的是各种各样的香味：花香、草香，更有从人的发鬓上飘过来的撩人的脂粉香和从房栊里透出来的炉香。

在这里，那些有身份的人们熙来攘往，宝马香车不绝于路，笙管箫笛不绝于耳，锦衣耀目，环佩叮咚，一派纸醉金迷。

这里可不是谁都能来的地方，来这里走动的，除去声势显赫的达官贵人、皇亲国戚，也就是那些走马斗鸡的纨绔子弟了。他们来这里干什么？因为这里住的是天姿国色、风韵绰约的各色歌妓舞女。他们来这锦绣地方寻欢作乐，而这些歌妓舞女们，则是他们取乐的对象。

突然，远处闪出一个身影。这是位年少公子，他身披黄衫，微风撩起他的衣角，柳丝轻拂他头上的锦帽。他骑在白马之上，满面春风，一脸得意。人们远远望去，在人群中格外显眼。

只见他放开手中的辔头，任凭那匹高头大马横冲直撞，那马翻蹄亮掌如一阵旋风，只吓得路上老少、男男女女，东躲西藏，鸡飞狗跳。这时，一帮经常与他聚赌饮酒、宿柳眠花的朋友过来了，他也似全然不见，一径地翻起他那双酒色过度失神僵白、死鱼般的眼睛，冲过人丛，留在后面的只是马蹄扬起的漫天尘土。

他一出现，许多人都纷纷上前打招呼，可见他是这里的熟人。谁能不认识他呢？因为来这里寻欢，是他每天的"功课"。

再细看那位公子，"醉眼不逢人"。他平日就是骄横至极，眼睛生在头顶之上，今天更了不得，仗着七分酒意，他还能把谁放在眼里。

词人陈克真有一番好眼力，他把这一切都看在眼里，记在心上，凝于笔端，于是写下了一首《菩萨蛮》词。

这首词运用绝妙的手法，为后人留下了写景显出生命的活泼，写人透出毕肖的神情的绝妙好词。

3 昏君奸臣压榨民众

一剪梅
醴陵士人

宰相巍巍坐庙堂①，说着经量②，便要经量。那个臣僚上一章③？头说经量，尾说经量④。　轻狂太守在吾邦⑤，闻说经量，星夜经量⑥。山东河北久抛荒⑦，好去经量，胡不经量？

注释

①巍巍：高大的样子。庙堂：朝堂，君臣朝会的地方。
②经量：丈量土地。
③章：写给皇帝的奏章。这句写朝中无人谏阻。
④"头说"两句：写当时官吏盲目执行上级的决定。
⑤轻狂：轻率、浮躁。吾邦：指醴陵（在今湖南）。
⑥星夜：夜晚。
⑦山东河北：泛指北方沦陷地区。山东，古指崤山、函谷关以东。河北，指淮河以北。抛荒：抛弃、荒废。

译文

宰相高高地坐在朝堂上，说土地要重新丈量，于是马上就重新丈量。哪个大臣敢提意见上反对的奏章？上面说重新丈量，下面也就说重新丈量。我们醴陵的太守更轻狂，听说要丈量土地，马上连夜丈量。山东河北沦丧的地方久已荒凉，正好丈量，怎么不去丈量？

背景故事

南宋末年宋度宗时期朝政一片混乱。当时，朝廷正值大奸臣贾似道为右丞相。他对外屈膝求和，一味地讨好金邦，而对内则弄权作恶，欺上瞒下，极其残酷地剥削压榨人民，把坏事几乎都干绝了。

南宋小朝廷灭亡在即，可是统治者却依然追求享乐，当时朝廷已经到了财源枯竭的地步，于是有人建议实行所谓的"经量法"。"经量法"，即为了增加税收，由朝廷派人到江南各地重新严格丈量土地，此建议提出后，朝廷一直议而未决，可是到奸贼贾似道当权时，他便迫不及待地推行此令此法。说来"经量"，就是经界丈量。

他们这种挖空心思增加人民赋税的做法，让民众极为不满。

署名醴陵士人的这位醴陵正直的人士，他敢于为人民说话，控诉奸臣贾似道之流。于是写下了一剪梅这首词，词中上阕写出权臣做出丈量土地的决定，马上就要下面执行，而朝中的臣僚没有一个人敢提出相反意见。下阕写地方官执行经界推排法的情形。全词揭露了宰相专横跋扈；大臣们趋奉阿谀，只知一味在江南盘剥搜刮，却不敢、也不能去收复北方失地的丑态。这里既有无情的鞭挞，又有辛辣的讽刺。

贾似道威风凛凛，煞有介事地高高地坐在庙堂之上，为了多刮民脂民膏，就决心在江南半壁江山经量土地，而且说干就干，可以想象这"经量法"一下，江南各地人民的灾难又会加重多少。

而那些"轻狂太守"们，他们风闻朝廷下令"经量"土地，马上组织人马，到各地连夜开始经量，"闻说经量，星夜经量"，他们恨不得把人民的血汗搜刮得一滴不剩。

从朝廷宰相，到地方官吏，都骑在人民的头上作威作福；但在金邦入侵的面前，他们却畏如鼠见大猫，怕得要命，屈膝投降，一副谦卑之相，所以

作者发出愤慨的质问与谴责:

"山东河北久抛荒,好去经量,胡不经量?"也就是说,淮河以北的大好河山,早已沦陷在金人的铁蹄之下,田地荒芜已久,这大好地方不去收复,不去寸土必争,好好去经量,还有什么颜面去面对百姓呢?

4 山抹微云的女婿

满庭芳

秦观

山抹微云,天粘衰草,画角声断谯门①。暂停征棹,聊共引离尊②。多少蓬莱旧事③,空回首、烟霭纷纷。斜阳外,寒鸦万点④,流水绕孤村。

销魂,当此际,香囊暗解,罗带轻分⑤。谩赢得、青楼薄幸名存⑥。此去何时见也?襟袖上、空惹啼痕。伤情处,高城望断,灯火已黄昏。

注释

①角:古代的一种管乐器,因其表面施以彩绘,故称画角。谯:谯楼,古代瞭望用的城楼。谯门,建有谯楼的城门。

②离尊:离别送行的酒。

③蓬莱:古代传说中的仙山名。蓬莱旧事,指回忆中男女欢爱的往事。

④寒鸦:乌鸦。万点:上万只。

⑤罗带:丝带,此处指用丝带打成的同心结。

⑥"谩赢得"二句：化用唐代诗人杜牧的著名诗句，杜牧诗云："十年一觉扬州梦，赢得青楼薄幸名。"此处意谓赢不赢得青楼薄幸名又有什么关系呢？青楼：舞榭歌楼。

译文

远山留下来一片淡淡的白云，枯黄的秋草一望无际，像与高天的边际相接，谯楼上的画角声已经传来。暂停住远行的船只，姑且再把离别的酒饮上几杯。回想起你我同处的美妙时光，如今忆起，都已经化成一片烟霭。斜阳尽处，上万只寒鸦正在归栖，细细的流水环绕着那个荒僻的村寨。此时此刻，真让人心碎肠断，我把香囊解下，她把罗带分开，这临别的相赠倾吐了彼此真情常在。虽然在青楼中留下了薄情的名声，也还是难以将她忘怀。不知道这次分别何时才能相见，看襟前袖上斑斑泪痕，谁能说我两人没有真爱？离情难耐的时候回头再望，高城已经模糊不清，只有黄昏的灯火闪烁明灭。

背景故事

秦观，北宋词人，字少游，三十六岁中进士。曾任蔡州教授、太学博士、国史院编修官等职位。在新旧党之争中，因和苏轼关系密切而屡受新党打击，先后被贬到处州、郴州、横州、雷州等边远地区，最后死于滕州。秦观是"苏门四学士"之一，以词闻名，文辞为苏轼所赏识。其词风格婉约纤细、柔媚清丽，情调低沉感伤，愁思哀怨。向来被认为是婉约派的代表作家之一。对后来的词家有显著的影响。

关于他的这首《满庭芳》有一段佳话，北宋徽宗时期，已经死去的翰林学士范祖禹的儿子范温一次到一位达官贵人家参加宴会，赴宴的人都是高官显宦，或者是有名的文人墨客。大家比身份，论家世，互相吹捧，夸夸其谈，却没有人注意到范温这个后生。这也难怪，范温的父亲范祖禹，虽然在仁宗、英宗、神宗、哲宗朝担任过一些修史的官职，但因为卷入新旧党之争，晚年却被贬永州，最后在永州死去。直到徽宗政和初年，也就是在范祖禹死后，朝廷才赦免了他的所谓罪过，重新施恩给范家。作为范祖禹的幼子，在那个攀高附贵的时代，那些达官显宦怎能注意他呢？这家有个侍女，善于唱大词人秦观的词，为了给大家助兴，她唱起了秦观的《满庭芳》。

范温本来没有引起这个侍女的注意，但在她歌唱时发现范温全神贯注地用手在按照曲调的节奏打着拍子，那动情的面容引起了她的好感。一曲唱完之后，在休息的时候，这个侍女向身旁的人问道："那个年轻人是谁啊？"旁边的人一时答不上来，主人此时恰好也不知哪儿去了，大家都怔怔地瞅着这个年轻人。这时范温从容地站起来，叉着双手说道："我乃是'山抹微云'的女婿。"众人听了，一下子愣住了，半晌，人们才恍然大悟，不由得放声大笑起来……

原来，神宗时，范温的岳父秦观当时才三十一岁，应乡贡考试未中，便去会稽见祖父和正在会稽通判任上的叔父秦定。在会稽，他与太守程公辟等人饮酒赋诗，所以临别时便写下这首《满庭芳》。这首词不胫而走，迅速传遍大江南北，给年轻的秦观带来巨大的声誉，连大文豪苏轼见了秦观都称他为"山抹微云君"。作为秦观的女婿，范温自然也因此而感到自豪。范温的父亲范祖禹作过著名的《唐鉴》一书，在这次赴宴之前，范温曾到大相国寺去游玩，一些素不相识的人竟然在背后称他为"《唐鉴》的儿子"，因此这次赴宴，当人家问起他是谁时，他想，我何需说出我的姓名呢？人们可以用我父亲的书名叫我，我何不用岳父的词镇一镇这些趋炎附势的人呢？于是便脱口说出"我就是'山抹微云'的女婿"，让在座的人为之倾倒。果然，在座的人，无论老少，对范温便都刮目相看了。没过多久，"山抹微云女婿"的称呼迅速传开。

秦观的这首《满庭芳》写得很有深度，起拍开端"山抹微云，天粘衰草"，一个"抹"字出语新奇，别有意趣。"抹"字本意，就是用另一个颜色，掩去了原来的底色。山抹微云，非写其高，盖写其远。它与"天粘衰草"，同是极目天涯的意思：一个山被云遮，便勾勒出一片暮霭苍茫的境界；一个衰草连天，便点明了暮冬景色惨淡的气象。全篇情怀，皆由此八个字而透发。"画角"一句，点明具体时间。古代傍晚，城楼吹角，所以报时。"暂停"两句，点出赋别、钱送之本事。词笔至此，便有回首前尘、低回往事的三句，稍稍控提，微微唱叹。妙在"烟霭纷纷"四字，"纷纷"之烟霭，直承"微云"，脉络清晰，是实写；而昨日前欢，此时却忆，则也正如烟云暮霭，分明如镜，而又迷茫怅惘，此乃虚写。接下来只将极目天涯的情怀，放眼前景色之间，又引出了那三句使千古读者叹为绝唱的"斜阳外，寒鸦万点，流水绕孤村"。天色既暮，归禽思宿，却流水孤村，如此便将一身微官没落、去国离群的游子之恨以"无言"之笔言说得淋漓尽致。词人此际心情十分痛苦，他不去刻画这一痛苦的心情，却将它写成了一种极美的境界，难怪令人称奇叫绝。下片中"青楼薄幸"亦值得玩味。此是用"杜郎俊赏"的典故：杜牧曾经写下有名的"十年一觉扬州梦，赢得青楼薄幸名"。结尾"高城望断"，"望断"这两个字，总收一笔，轻轻点破题旨，此前笔墨倍添神采。而灯火黄昏，正由山抹微云的傍晚到"纷纷烟霭"的渐重渐晚再到满城灯火，一步一步，层次递进，井然不紊，而惜别停棹，流连难舍之意也就尽在其中了。

5 可辨善恶的桂花树

唐多令
刘过

安远楼小集①,侑觞歌板之姬黄其姓者②,乞词于龙洲道人③,为赋此。同柳阜之、刘去非、石民瞻、周嘉仲、陈孟参、孟容,时八月五日也。芦叶满汀洲,寒沙带浅流。二十年重过南楼。柳下系船犹未稳,能几日,又中秋。　　黄鹤断矶头④,故人曾到否⑤?旧江山浑是新愁⑥。欲买桂花同载酒,终不似,少年游。

注释

①安远楼:武昌南楼,在今湖北省武汉市黄鹤山上。

②侑觞歌板之姬:击板唱歌以劝酒的妓女。黄其姓:姓黄。

③龙洲道人:刘过的号。

④黄鹤断矶:即黄鹤矶,位于武汉黄鹤山西北,面临长江。矶,山崖临江凸出之处。

⑤不:同"否"。

⑥浑是:全是。

译文

我同一帮友人在安远楼聚会,酒席上一位姓黄的歌女请我作一首词,我便当场创作此篇。时为八月五日。

芦花叶子铺满江边的沙洲,寒沙之中有一条浅溪在汨汨地流。二十年后,我再次来到武昌南楼。小船在柳树下还没系稳,我便匆匆而下。不消几天,又到了月圆中秋。残断的黄鹤矶头,我的故友近来是否也曾到此一游?破旧的江山,满眼尽是旧恨新愁。想要买上桂花带上美酒再泛轻舟,却没有了少年时那种豪迈的意气。

背景故事

刘过,字改之,他曾参加科举考试却屡试不第,这首词是作者晚年作品,关于词中的桂花酒在我国历史上流传着一个传说。桂花在我国被人们看成是富贵吉祥的象征,桂花酿制的酒受到大多数人们喜爱,大家可知这桂花来自何处?

传说两英山下住着一位卖山葡萄酒的寡妇,为人善良豪爽,她酿的酒口味甘甜,尊称她仙酒娘子。

一个冬天的早上,仙酒娘子发现自家门前躺着一个快要没气的男乞丐。仙酒娘子出于善良的本性就把他背到了家里。先给他灌了碗热汤,又让他喝了半碗酒,那乞丐渐渐苏醒过来,连忙向她道谢,"多谢娘子救命之恩,你看我全身瘫痪,行动不便,能不能多收留我几日,不然我出去不是冻死就是饿死了。"仙酒娘子有些为难,俗话说:"寡妇门前多是非",他住在家中别人一定会说闲话的,但看他可怜就同意留他住几日。

果然不出所料,没几天人们就对她议论纷纷,大家渐渐疏远她,买酒的人也越来越少,仙酒娘子的日子也越来越不好过了,但她还是尽心的照顾乞丐。到后来没人来买酒了,生活无法维持,乞丐见此情景深感过意不去就偷偷地走了。仙酒娘子放心不下去寻他,在半路遇到一个老头,肩上挑了一担柴,吃力地走着,忽然,老人摔倒在地,柴也撒了,仙酒娘子急忙过去,见老人气息微弱,嘴里喊着"水,水……",前不着村后不着店的哪有水?仙酒娘子就咬破自己的手指,正要把血滴进老人嘴里,老人忽然不见了。一阵微风，天上飞来一个黄布袋，袋中有许多小黄纸包，包中是桂花树的种子，另有一张黄纸条，上面写着：

> 月宫赐桂子，奖赏善人家。
> 福高桂树碧，寿高满树花。
> 采花酿桂酒，先送爹和妈。
> 吴刚助善者，降灾奸诈滑。

想想前后所发生的事，她才明白原来那两个人都是传说中的吴刚变的。她欣喜地把这些桂花树的种子分给大家，善良的人埋下种子，很快长出桂树，开满桂花，满院的香甜；心术不正的人种下桂花，种子却不发芽。从此也就有了象征富贵吉祥、可以分辨善恶的桂花和桂花酒。

6 看破红尘，归隐孤山

长相思

林逋

吴山青①，越山青②，两岸青山相送迎③。谁知离别情？君泪盈④，妾泪盈⑤，罗带同心结未成⑥。江头潮已平⑦。

注释

① 吴山：泛指钱塘江北岸的山。

② 越山：泛指钱塘江南岸的山。

③这句说,钱塘江两岸的青山迎送行人。

④君:你。此指女子的情人。

⑤妾:这里是古代女子的自称。

⑥罗带:香罗带。古人把带子打成同心结以表示永远相爱。结未成:喻爱情遭遇挫折,婚事不成。

⑦这句说潮水已经涨得和岸一样高。

译文

吴山葱茏青翠,越山青翠葱茏,钱塘江两岸的青山,殷勤地送迎过往行人。青山你可知这送迎中有多少难舍难分的别离之情?情郎你泪水盈盈,妾身我泪水盈盈,香罗带的同心结还没来得及系成。那江头的潮水已与岸平,情郎你竟肯舍下我乘舟远行?

背景故事

林和靖名逋,字君复,钱塘(今杭州市)人,人称"和靖先生"。他隐居于西湖之孤山二十余年,终身不娶,以种梅养鹤自娱,人称"梅妻、鹤子"。对于他,后人都知道是有名的隐士,林逋的隐居处依山傍水,于是绕屋依栏,上上下下都是他种的梅花,每逢梅花绽放之时,他便整月不出门,终日赏梅,吟咏诗词。他养的鹤更有诗意,每当他出去游湖,有客人来了,家童便将客人接待入座,接着开笼放鹤。他在湖上望到家鹤飞来飞去,就知道有客来访了,便划船而归。

依梅携鹤,人们都把他看成是出世的人物,其实,他并不是一开始就是个超尘绝俗的隐士。他曾有过远大的抱负和志向,但是,他仕途失意,时运乖戾,这使他产生了厌恶尘世之情,于是变得性情淡泊,不慕荣利。特别是与这首《长相思》词有关的一段爱情经历,对他的隐居起了相当重要的作用。

林和靖在年轻的时候，曾经爱恋过一位姑娘，这位姑娘对他也是一往情深，两人海誓山盟，希望有朝一日结成百年之好，白头偕老。可是，事与愿违，那位姑娘被迫另嫁。这给热恋中的林和靖以极大的打击，使他痛不欲生。他徘徊于月下，踟蹰于花前，过去那刻骨铭心的一幕幕又浮现在眼前，使他久久难以忘怀，于是他决定离家远游，以抚慰那颗因失恋而滴血的心。

登程的一天终于到了，林和靖怀着依依惜别之情，即将登舟远去，他刚刚上船，那位姑娘事先知道了他要远离家乡，便急急忙忙赶来为他送行。两人相对无言，执手相望，只有眼中的泪水如断线珍珠滚滚而落。

在模糊的泪眼中，他们互道珍重，千言万语都融在那深情的相望中。小舟解缆远去了。这一去，林和靖竟在江、淮一带漫游了好多年。在漫游中，迎朝阳，送落日，伴明月，对繁星，他无时不在思念那位钟情的姑娘。于是，在朝思暮念中，便以那位姑娘的口吻写下了上面那首《长相思》词。

林和靖一走就是许多年，到40岁以后他才回到杭州。这时的林和靖已对生活失望了、厌倦了，便结庐于西湖孤山北麓，远离纷扰的繁华之地，过起了他"梅妻鹤子"的隐居生活。

这首小令以第一人称(妾)的口气，写一对热恋中的青年男女含泪分别，寄刻骨铭心的离情别意于山容水态之中，语言晓畅，节奏明快，感情健康，颇具民谣风味。"吴山青，越山青"，一开头采用起兴的手法。"两岸青山相送迎"，吴山、越山，年年岁岁面对江上行舟迎来送往，早已习惯了人间的聚散离合。"谁知离别情？"是运用拟人手法向青山发问，借自然之无情反衬人间之有情。

"君泪盈，妾泪盈"，则本词的视觉由远拉近。原来在青山底下还有一对送别的人儿正在泪眼相对，哽咽无语。为什么这人间常有的离别，却使他们如此感伤，以至于连青山也要责难？"罗带同心结未成"，含蓄道出他们难言的悲苦：原来是他们的爱情生活横遭不幸，心心相印却难成眷属，只能洒泪而别。"江头潮水平",爱情本来就希望渺茫,如今爱人又将远去,未来则越发没有指望了。

本词句句押韵,连声切响,前后响应,显示出女主人公柔情似水,一往情深。最后一句在简洁明快中还带着永恒的悲伤。

7 自负改词者被人讥笑

蝶恋花
晏殊

槛菊愁烟兰泣露①,罗幕轻寒②,燕子双飞去。明月不谙离别苦③,斜光到晓穿朱户。　昨夜西风凋碧树,独上高楼,望尽天涯路。欲寄彩笺兼尺素④,山长水阔知何处!

注释

①槛菊:菊在庭院廊庑之间,有栏杆护持,故曰槛菊。兰泣露:兰花沾带露水。

②罗幕:丝罗做的帷帘,此指屋子里。

③谙:了解,熟悉。

④彩笺、尺素:都是书简。这里彩笺、尺素并用,表示强调。兼:一作"无"。

译文

庭院里的菊花笼罩在雾气里,像是郁郁含愁;兰花也仿佛在朝露中饮泣。挂着丝罗帷帘的屋子里有寒气透过,筑巢屋梁上的燕子成双成对地联翩飞去。明月啊,你不了解人间离愁别恨之苦,还把你的银辉,从晚间到清晓,斜射进我朱漆的窗户。

昨晚刮了一夜的西风,把树上碧绿的叶子吹得光秃秃。清晨起来,我独上高楼,凭栏眺望,望断天涯路。情郎啊,要给你寄上一封彩笺写成的情书,可山长水阔,路途遥遥,你今又在何处?

背景故事

晏殊(991~1055)中国北宋重臣,他一生历居显官要职,仕途平坦,但政绩平平。然而在文坛上却有建树。他的词大部分是在富贵优游的生活中产生的,内容多取四季景物、男女恋情,以及流连诗酒,歌舞升平,题材较狭窄。但语言婉丽,音韵和谐,形象明朗,意境清新,留下了许多传世佳作。

由于词在宋代十分流行,不少的读书人都会作词,有一个叫杜世安的人,因为附庸风雅,时常赋诗填词,闲来写一首半阕,也就自称为词人了。由于他曾官至郎中,人们便称他为"杜郎中"。

杜世安虽然词写得不怎么样,却十分自负,把谁都不放在眼里。

一次,晏殊创作了一首《蝶恋花》词。

此词一出,众皆称好。唯独杜世安看了连连摇头。他不以为然地说:

"我看这首词还需要推敲一下。"

有人问他,如何推敲?他信口开河地说:

"词中'罗幕轻寒,燕子双飞去'两句,也写得太孤寂、太凄惨了。而后面的'明月不谙离别苦'更令人费解，'明月'怎么会'谙离别苦'呢？"

杜世安这么一品评，晏殊这首好端端的《蝶恋花》一无是处，简直成了一堆废话。

人们看到杜世安如此狂妄，便有意要戏弄他：

"杜郎中既然有此高见，不妨改写一首，让我们大家来开开眼界，长长见识。"

杜世安没有听出人们讲话的意图，也不谦虚。于是提笔在手，毫不谦让，把晏殊的《蝶恋花》词，改成了一首《端正好》词：

槛菊愁烟沾秋露，天微冷，双燕辞去。月明空照别离苦，透素光，穿朱户。　　夜来西风凋碧树，凭栏望，迢迢长路。花笺写就此情绪，待寄传，知何处？

改写完，将笔往桌案上一放，向人们炫耀起来。

众人俯身去看，一个个不禁掩口而笑。原来，将两首词放在一起一比较：晏殊的《蝶恋花》晶光焕发，奇光四射；而杜世安的《端正好》则干瘪粗陋，黯淡无光，就如同一件传世奇宝与一件蹩脚的赝品放在一起。

大家一阵哄笑，杜世安直羞得无地自容。

这是首写离愁别恨的名作。上片写庭院及室内景物。下片写词人登楼望远时的所见所感。写秋意但不凄苦，抒离情愁而不哀，写富贵之家但又不言"金玉锦绣"，临秋而望远，极目天涯，境界极为辽阔，较南唐的离愁别恨之作都有新意。词中还隐约含蓄地表示有难言之意，给读者留出想象的余地。王国维曾用下片的第一句比喻"古今成大事业，大学问者"必须经过的三种境界中的第一种。

8 弄潮儿向涛头立

酒泉子
潘阆

长忆观潮,满郭①人争江上望。来疑沧海尽成空,万面鼓声②中。弄潮儿③向涛头立,手把红旗旗不湿。别来几向梦中看,梦觉尚心寒。

注释

①郭:内城为城,外城为郭。有时则城郭无别。人们观潮,现在在浙江海宁,北宋时则在杭州。海宁观潮是钱塘江改道以后的事。故这里的"郭",指杭州城。

②鼓声:比喻潮水的澎湃声。

③弄潮儿:指在汹涌的潮头上游泳、戏耍的青少年。

译文

长久地思念钱塘观潮,大潮那天,万人空巷,全城人争先恐后地到江边观望。大潮汹涌冲来时,令人疑心大海都变得虚空。潮水澎湃,好像万面大鼓声咚咚响。弄潮儿在波涛滚滚的潮头站立,追潮逐浪,尽情戏耍,手里拿着的红旗竟然没有被水打湿。离开杭州之后,我好几次都在梦中见到这惊心动魄的场面,梦中惊醒过来还觉得心惊胆寒。

背景故事

潘阆,字逍遥,宋朝时期著名词人,他放荡不羁,长期漂泊江湖,词集为《逍遥词》。潘阆年轻时曾在汴京（今开封）卖药为生，经常一边卖药，一边吟诗。到宋真宗时，许多名人都与他有交往，真宗便召见他，授以滁州参军。这时潘阆已年过半百，自知已老，便弃官不做，而与志同道合的好友结伴游览浙南的风景名胜。每年农历八月十八日是潮汛的高潮期，宋朝把这一天定为"潮神生日"，要举行观潮庆典。每到这一天，皇亲国戚、达官要人、百姓居民，各色人等，倾城出动，车水马龙，彩旗飞舞，盛极一时。还有数百健儿，披发文身，手举红旗，脚踩滚木，争先鼓勇，跳入江中，迎着潮头前进。潮水将起，远望一条白线，逐渐推进，声如雷鸣，越近声势越大，如沧海横流，一片汪洋。白浪滔天，山鸣谷应。水天一色，海阔天空。弄潮儿出没于鲸波万仞中，腾身百变，而旗略不沾湿。在北宋，观潮胜地在杭州。潘阆在杭州住过几年，涨潮的盛况当然给他留下极深刻的印象，以致后来经常梦见涨潮的壮观。

有一次，潘阆和朋友们来到钱塘江边观潮。这天，东方刚透出鱼肚白，江边上已人山人海了，几乎整个杭州城的人都来到了这里，在等待那惊心动魄的时刻到来。这时，传来哗哗的江涛声，眼前还没有潮头出现，人们都瞪大了眼睛，等着观看那雄奇无比的钱塘江大潮。

正当人们翘首眺望、望眼欲穿的时候，忽然人群骚动，喊声四起："看啊，大潮来了！"伫立江边的潘阆忙顺着别人指的方向看去，只见远远的涛头如一条银线，隐隐伴着隆隆声传来。转眼间，那远远的银线变成了一堵高墙，那潮声挟着万钧之力，咆哮奔腾，排山倒海滚滚而来，仿佛是万人擂响的千万面大鼓，直震得天摇地动。但仍有一些"弄潮儿"，他们却无视海浪的吼叫，纷纷跃入水中，手持红旗，在狂涛巨浪中表演着令人胆战心惊的动作。

观过钱塘潮，游遍杭州的名胜古迹，潘阆告别了杭州。但钱塘潮水的壮观场面，却时时在脑海中浮现。他想起唐代大诗人李白《横江词》中的名句："浙江（即钱塘江）八月何如此？涛似连山喷雪来。"终使他打开了创作的闸门，于是写下了《酒泉子（长忆观潮）》词。

"弄潮儿向涛头立，手把红旗旗不湿。"这首词主要描写了弄潮儿的形象。他们在惊涛骇浪中手持红旗，随波起伏，履险如夷，为本是奇观的潮涌之景再置奇观，表现了作者对弄潮儿的不凡身手和无畏精神的赞美之情。词的上阕写观潮，下阕写弄潮儿的表演。写观潮，写到了人群涌动的盛况和潮水汹涌的气势；写弄潮儿的表演，写到了他们高超的技艺和观潮人的感受。听说苏轼很喜欢这首词，把它写在了玉堂屏风上。

2

第二辑

爱国豪情篇

"人生自古谁无死，留取丹心照汗青"，这是南宋时期文天祥留给我们后人以震撼人心的诗句，在宋朝的中、晚期，随着金、元的不断入侵，战乱频繁，在正义与非正义的较量中，涌现出一批可歌可泣的文臣武将，其中既有传奇色彩的杨家将、岳飞等，也有辛弃疾、陆游等爱国词人，让我们在宋词中去体味那些民族脊梁们的爱国情怀，感叹之余，也奉上我们无限的敬意。

1 人生自古谁无死

过零丁洋①

文天祥

辛苦遭逢起一经②,
干戈寥落四周星③。
山河破碎风飘絮④,
身世浮沉雨打萍。
惶恐滩头说惶恐⑤,
零丁洋里叹零丁⑥。
人生自古谁无死,
留取丹心照汗青⑦。

注释

①零丁洋:在今广东中山南的珠江口。

②"辛苦"句:追述早年身世及为官以来的种种辛苦。遭逢,遭遇到朝廷选拔;起一经,指因精通某一经籍而通过科举考试得官。文天祥在宋理宗宝祐四年以进士第一名及第。

③干戈寥落:寥落意为冷清,稀稀落落。在此指宋元间的战事已经接近

尾声。南宋此时已无力抵抗。四周星：周星即岁星，岁星十二年在天空循环一周，故又以周星借指十二年。四周星即四十八年，文天祥作此诗时四十四岁，这里四周星用整数。其实本诗前两句应当合起来理解，是诗人对平生遭遇的回顾。

④"山河"句：指国家局势和个人命运都已经难以挽回。

⑤惶恐滩：在今江西万安县，水流湍急，为赣江十八滩之一。宋瑞宗景炎二年，文天祥在江西空院兵败，经惶恐滩退往福建。

⑥"零丁"句：慨叹当前处境以及自己的孤军勇战、孤立无援。诗人被俘后，被囚禁于零丁洋的战船中。

⑦汗青：史册。纸张发明之前，用竹简记事。制作竹简时，须用火烤去竹汗（水分），故称汗青。

译文

回想我早年由科举入仕历尽辛苦，如今战火消歇，已熬过了四十几年。国家危在旦夕恰如狂风中的柳絮，个人又哪堪言说似骤雨里的浮萍。惶恐滩的惨败让我至今依然惶恐，零丁洋身陷元虏可叹我孤苦伶仃。人生自古以来有谁能够长生不死，我要留一片爱国的丹心映照汗青。

背景故事

文天祥，南宋爱国诗人。初名云孙，字天祥，号文山，庐陵（今江西省吉安市）人。南宋末，全力抗敌，兵败被俘，始终不屈于元人的威逼利诱，最后从容就义。他后期的诗作主要记述了抗击元兵的艰难历程，表现了坚贞的民族气节，慷慨悲壮，感人至深。他早年被选中贡士后，即以天祥为名。宝祐四年中状元后，他改字为宋瑞，后号文山。历任签书宁海军节度判官厅公事、刑部郎官、江西提刑、尚书左司郎官、湖南提刑、知赣州等职。宋恭帝德祐元年正月，因元军大举进攻，宋军的长江防线全线崩溃，朝廷下诏让各地组织兵马勤王。文天祥立即捐献家资充当军费，招募当地豪杰，组建了一支万余人的义军，开赴临安。宋朝廷委任文天祥知平江府，命令他发兵援救常州，旋即又命令他驰援独松关。由于元军攻势猛烈，江西义军虽英勇作战，但最终也未能挡住元军兵锋。

次年正月，元军兵临临安，文武官员都纷纷出逃。谢太后任命文天祥为右丞相兼枢密使，派他出城与伯颜谈判，企图与元军讲和。文天祥到了元军大营，却被伯颜扣留。谢太后见大势已去，只好向元军投降。

元军占领了临安，但两淮、江南、闽广等地还未被元军完全控制和占领。于是，伯颜企图诱降文天祥，利用他的声望来尽快收拾残局。文天祥宁死不屈，伯颜只好将他押解北方。行至镇江，文天祥冒险出逃，经过许多艰难险阻，于景炎元年（1276）五月二十六日辗转到达福州，被宋端宗任命为右丞相。当时张世杰独揽朝政大权，文天祥对他专擅朝政极为不满，又与陈宜中意见不合，于是离开南宋朝廷，以同都督的身份在南剑州（治今福建南平）开府，指挥抗元。不久，文天祥又先后转移到汀州（治今福建长汀）、漳州龙岩、梅州等地，联络各地的抗元义军，坚持斗争。景炎二年夏，文天祥率军由梅州出兵，进攻江西，在雩都（今江西于都）获得大捷后，又以重兵进攻赣州，以偏师进攻吉州（治今江西吉安），陆续收复了许多州县。元朝大臣江西宣慰使李恒在兴国县发动反攻，文天祥兵败，收集残部，退往循州（旧治在今广东龙川西）。祥兴元年夏，文天祥得知南宋朝廷被迫转移，为摆脱艰难处境，便要求率军前往，与南宋朝廷会合。由于张世杰坚决反对，文天祥只好作罢，率军退往潮阳县。同年冬，元军大举来攻，文天祥在率部向海丰撤退的途中遭到元将张弘范的攻击，兵败被俘。文天祥服毒自杀未遂，被张弘范押往京师，在途中张弘范让他写信招降张世杰。文天祥说：我不能保护父母，难道还能教别人背叛父母吗？张弘范不听，一再强迫文天祥写信。

文天祥于是将自己前些日子所写的《过零丁洋》一诗抄录给张弘范。张弘范读到"人生自古谁无死，留取丹心照汗青"两句时，不禁也受到感动，不再强逼文天祥了。

这首诗是文天祥被俘后为誓死明志而作。一二句诗人回顾平生，但限于篇幅，在写法上是举出入仕和兵败一首一尾两件事以概其余。中间四句紧承"干戈寥落"，明确表达了作者对当前局势的认识：国家处于风雨飘摇中，亡国的悲剧已不可避免，个人命运就更难以说起。但面对这种巨变，诗人想到的却不是个人的出路和前途，而是深深地遗憾两年前在空阬自己未能在军事上取得胜利，从而扭转局面。同时，也为自己的孤立无援感到格外痛心。从字里行间不难感受到作者面对国破家亡的剧痛与自责、自叹相交织的苍凉心绪。末二句则是身陷敌手的诗人对自身命运的一种毫不犹豫的选择。这使得前面的感慨、遗恨平添了一种悲壮激昂的力量和底气，表现出独特的崇高美。这既是诗人人格魅力的体现，也表现了中华民族的独特的精神美，其感人之处远远超出了语言文字的范畴。

南宋朝廷灭亡后，张弘范向元世祖请示如何处理文天祥，元世祖说：谁家无忠臣？命令张弘范对文天祥以礼相待，将文天祥送到大都（今北京），软禁在会同馆，决心劝降文天祥。

元世祖首先派降元的原南宋左丞相留梦炎对文天祥现身说法，进行劝降。文天祥一见留梦炎便怒不可遏，留梦炎只好悻悻而去。元世祖又让降元的宋恭帝赵来劝降。文天祥北跪于地，痛哭流涕，对赵说：圣驾请回！赵无话可说，怏怏而去。元世祖大怒，于是下令将文天祥的双手捆绑，戴上木枷。关进兵马司的牢房。文天祥入狱十几天，狱卒才给他松了手缚；又过了半月，才给他解下木枷。元朝丞相孛罗亲自升堂审问文天祥。文天祥被押到枢密院大堂，昂然而立，只是对孛罗行了一个拱手礼。孛罗喝令左右强制文天祥下跪。文天祥竭力挣扎，坐在地上，始终不肯屈服。从此，文天祥在监狱中度过了三年。在狱中，他曾收到女儿柳娘的来信，得知妻子和两个女儿都在宫中为奴，过着囚徒般的生活。文天祥深知女儿的来信是元廷的暗示：只要投降，家人即可团聚。然而，文天祥尽管心如刀割，却不愿因妻子和女儿而丧失气节。他在写给自己妹妹的信中说：收柳女信，痛割肠胃。人谁无妻儿骨肉之情？但今日事到这里，于义当死，乃是命也。奈何？奈何！……可令柳女、环女做好人，爹爹管不得。泪下哽咽。狱中的生活很苦，可是文天祥强忍痛苦，写出了不少诗篇。《指南后录》第三卷、《正气歌》等气壮山河的不朽名作都是在狱中写出的。

元世祖至元十九年三月，权臣阿合马被刺，元世祖下令籍没阿合马的家财、追查阿合马的罪恶，并任命和礼霍孙为右丞相。和礼霍孙提出以儒家思想治国，颇得元世祖赞同。八月，元世祖问议事大臣：南方、北方宰相，谁是贤能？群臣回答：北人无如耶律楚材，南人无如文天祥。于是，元世祖下了一道命令，打算授予文天祥高官显位。文天祥的一些降元旧友立即向文天祥通报了此事，并劝说文天祥投降，但遭到文天祥的拒绝。十二月八日，元世祖召见文天祥，亲自劝降。文天祥对元世祖仍然是长揖不跪。元世祖也没有强迫他下跪，只是说：你在这里的日子久了，如能改心易虑，用效忠宋朝的忠心对朕，那朕可以在中书省给你一个位置。文天祥回答：我是大宋的宰相。国家灭亡了，我只求速死，不当久生。元世祖又问：那你愿意怎么样？文天祥回答：但愿一死足矣！元世祖十分气恼，于是下令立即处死文天祥。

次日，文天祥被押解到菜市口刑场。监斩官问：丞相还有什么话要说？回奏还能免死。文天祥喝道：死就死，还有什么可说的？他问监斩官：哪边是南方？有人给他指了方向，文天祥向南方跪拜，说：我的事情完结了，心中无愧了！于是引颈就刑，从容就义，当时年仅四十七岁。

2 昭仪、丞相共吟满江红

满江红[①]

王清惠

太液芙蓉[②]，浑不是、旧时颜色。曾记得、承恩雨露，玉楼金阙。名播兰馨妃后里[③]，晕潮莲脸君王侧[④]。忽一声、鼙鼓揭天来[⑤]，繁华歇。　龙虎散，风云灭[⑥]；千古事，凭谁说？对山河百二[⑦]，泪盈襟血。驿馆夜惊乡国梦，宫车晓碾关山月。问嫦娥、相顾肯从容，随圆缺[⑧]。

注释

①满江红：词牌名。

②太液芙蓉：太液，本汉武帝时建章宫中池名，唐代大明宫内亦有太液池。这里泛指池苑。芙蓉，即荷花。

③名播兰馨：声名像兰草一样芬芳。

④晕潮莲脸：晕潮，含羞的模样，此指因得宠而露出光彩。莲脸，像莲花一样美丽的脸。

⑤鼙鼓句：鼙鼓，军中的小鼓。此句从白居易《长恨歌》"渔阳鼙鼓动地来"化出，指元军南侵惊天动地的声势。

⑥龙虎散二句：龙虎，指南宋君臣。风云，形容政治上的威势。

⑦山河百二：这里借指宋朝的江山。

⑧问嫦娥三句：肯从容，容许我追随。从容，同怂恿，有诱导之意。这三句说要追随嫦娥到月宫中去，不愿意留在人间。

译文

皇宫池苑中的荷花，原来娇艳无比，但今是昨非，已失去往日颜色。想起往昔得到浩浩皇恩，能够在皇宫里过着富丽堂皇、繁华的生活。当年在后妃当中自己的名声就像兰草一样芬芳，而且面容美如荷花，因此得到皇帝宠爱。忽然一声鼙鼓惊天动地，元兵入侵，一朝繁华已烟消云散了。南宋朝廷已经土崩瓦解，君臣流散，朝廷政治上的威势已去。山河破碎，人如飘絮。这千古遗恨，凭谁诉。面对宋朝江山的破碎，痛哭流泪。在旅馆里夜间做梦也是尘土飞扬的一派战乱场景，宫妃们饥寒露宿，被迫翻山越岭，驶向荒凉的关塞。月里嫦娥呀，您能容许我追随你，去过同圆缺，共患难的生活吗？

背景故事

南宋末年，战争不断，元军南下，宋朝政权岌岌可危。宋端宗景炎丙子年，元军攻破了南宋王朝的京城杭州，包括谢、全两位皇后在内的三宫六院里的美女都被俘虏北上，昭仪王清惠当时也在其列。她在途经夷山驿时，有感于国家的败亡，便在驿站的墙壁上题写了一阕《满江红》词，来抒发她对自己这悲凉身世以及国家命运的深沉喟叹。

在这首《满江红》词中，王清惠以今昔对比的手法，写出了宋宫室往日的繁荣、欢乐，被俘后的凄惨与愁苦。词中将悲惨的现实情景，沉痛的历史回顾与不甘屈辱、渴望自由等熔铸于一炉，议论纵横、慷慨淋漓。词的最后三句采用疑问句式表达了自己的不向元朝低头，渴望脱离苦难人世的思想。全词血泪和流，令人难以忘怀。她由开始的戚戚于个人身世浮沉，最终升华到反省国家兴亡、历史功罪的思想高度，负荷了整个时代、整个民族的悲恸。

南宋丞相文天祥，在他被押送北上的途中读到王夫人这首感慨深沉的词作时，摇头感叹道："哎，'问嫦娥、相顾肯从容，随圆缺'，可惜啊！可惜啊！

王夫人在此境况下怎能说些缺少思考的话头呢?"也就是说,文天祥觉得,作为皇室成员的王夫人应该是坚贞不屈,大义凛然,丝毫不能有随人左右而惜命的态度的。基于他这种至死不移的忠诚爱国之心,文丞相便仿王清惠的口吻提笔代她写了另一首词作《满江红》。

试问琵琶,胡沙外、怎生风色?最苦是、姚黄一朵,移根瑶阙。王母欢阑琼宴罢,仙人泪满金盘侧。听行宫、夜半雨霖铃,声声歇。　彩云散,香尘灭;铜驼恨,那堪说?想男儿慷慨,嚼穿龈血。回首昭阳辞落日,伤心铜雀迎新月。算妾身、不愿似天家,金瓯缺!

当然,到了元朝首都北京的宋末昭仪王清惠,表现得也很大义凛然,当来到元朝的都城,在元兵的百般威逼下,王清惠至死不降,元人无奈,便让她出家做了女道士。不久,王清惠便在郁愤之中离开了这个世界。所以,尽管文天祥代写了王昭仪的词作,但两人的高风亮节,都足以同日月争辉,与天地齐寿!

3 遭小人陷害的民族英雄

满江红
岳飞

怒发冲冠,凭栏处,潇潇雨歇[1]。抬望眼,仰天长啸,壮怀激烈。三十功名尘与土[2],八千里路云和月[3]。莫等闲、白了少年头,空悲切。　靖康耻[4],犹未雪;臣子恨,何时灭!驾长车、踏破贺兰山缺[5]。壮志饥餐胡虏肉，笑谈渴饮匈奴血⑥。待从头、收拾旧山河，朝天阙⑦。

注释

①潇潇：风雨声。

②三十：岳飞于绍兴元年(1131)被宋高宗强令撤退而守鄂州，当时三十四岁。此处取其整数而言。尘与土：指微不足道。

③八千里路云和月：八千里征战，如追云逐月，十分艰苦。

④靖康：宋钦宗的年号。靖康元年，金人攻破宋都汴京。次年初，徽、钦二帝被虏往北国。

⑤贺兰山：在今宁夏回族自治区西北。此处代指金国老巢的屏障。

⑥匈奴：古西北民族名。此处代指金国侵略者。

⑦朝天阙：指战胜金人后，到京城朝见皇帝。

译文

国恨家仇使我气得头发直立起来顶起了帽子，登楼靠近栏杆时，一场骤雨刚刚停歇。抬头远望，对着天空大声呼喊，不由得沸腾起满腔的热血。三十年来的功名利禄何足挂齿，八千里的奔波征战，总是伴随着白云和明月十分的艰难。千万不能消磨青春，待到满头白发时，只会自己感叹悲伤却已经晚了，没有任何用处。靖康年间的国耻，尚未洗雪，为臣者的大恨何时能够泯灭？等到我驾起战车长驱直入，踏破贺兰山，直捣金贼巢穴！胸怀壮志，饥饿时以金贼之肉为餐饭，谈笑之间，口渴时饮金贼之血！等我重新收复旧日河山，胜利的时候再拜见天子。

背景故事

岳飞字鹏举，是我国历史上有名的民族英雄，他留传下来的作品不多，但都是充满爱国激情的佳作。岳飞出身贫寒,19岁时就投军抗击外敌的入侵。不久因父亲去世,退伍还乡守孝。当金兵大举入侵中原的时候,岳飞再次投军,开始了他抗击金军的戎马生涯。传说岳飞临走的时候,他的母亲在他的背上刺了"精忠报国"四个字。

岳飞投军之后,因为屡建奇功而升为秉义郎,不久金军攻破开封,俘获了徽、钦二帝,北宋王朝灭亡。次年,赵构建立了南宋王朝,岳飞上书高宗,要求率军收复失地,但是遭投降派排挤,反而被革职。不久岳飞随东京留守宗泽守卫开封,因为战功卓著而被提拔为武功郎。宗泽死后,跟随东京留守杜充南下。

建炎三年,金国大将金兀术率金军渡江南侵,岳飞率军前往广德、宜兴,坚持抵抗,攻击金军的后防。次年,岳飞在牛头山设伏,大破金兀术,收复了建康(今江苏南京),金军被迫北撤。之后,岳飞升任通州镇抚使,拥有人马万余,建立起一支纪律严明、作战骁勇的抗金劲旅"岳家军"。

绍兴三年,岳飞又立战功,得到高宗的褒奖,并赐予"精忠岳飞"的锦旗。次年他又率部击破金国傀儡政权伪齐的军队,收复襄阳、信阳等六郡。岳飞也因为功勋卓著升任清远军节度使。

绍兴五年,岳飞率军镇压并收编了杨幺领导的农民起义军。随后驻军鄂州(今湖北武昌),为扩充军力派人渡河联络太行义军。他屡次建议高宗大举北进,但都被高宗拒绝了。绍兴九年,高宗、秦桧与金国议和,岳飞上表反对。次年,金兀术进兵河南。岳飞奉命出兵反击。相继收复了郑州、洛阳等地,在郾城大破金军的精锐铁骑兵"铁浮图"和"拐子马",乘胜进占朱仙镇,距开封仅有四十五里。金兀术被迫退守开封,金军士气低落,发出了"撼山易,撼岳家军难"的哀叹,不敢出战。

抗金形势出现了好转,在朱仙镇,岳飞继续招兵买马,积极准备渡过黄河收复失地,直捣黄龙府。两河义军也纷起响应。这时高宗、秦桧却一心求和，连发十二道金牌班师诏，命令岳飞退兵。岳飞壮志难酬，只好挥泪班师。

然而更令人叹息的是，岳飞回到临安后，即被解除了兵权，改任枢密副使。不久就被诬陷谋反而下狱。绍兴十一年十二月二十九日，以"莫须有"的罪名与其子岳云及部将张宪一起被害于临安的风波亭。宁宗时为其平反昭雪，被追封为鄂王。

岳飞善于谋略，治军严明。在其戎马生涯中，他亲自参与指挥了126次战役，没有一次失败，是一位名副其实的常胜将军。岳飞文武双全，著有《岳武穆遗文》(又名《岳忠武王文集》)，其《满江红》词是千古绝唱。这是一首气壮山河、光照日月的传世名作。此词即抒发他扫荡敌寇、还我河山的坚定意志和必胜信念，反映了深受分裂、隔绝之苦的南北人民的共同心愿。全词声情激越，气势磅礴。开篇五句破空而来，通过刻画作者始而怒发冲冠、继而仰天长啸的情态，揭示了他凭栏远眺中原失地所引起的汹涌激荡的心潮。接着，"三十功名"二句，上句表现了他蔑视功名，唯以报国为念的高风亮节，下句则展现了披星戴月、转战南北的漫长征程，显然有任重道远、不可稍懈的自励之意。"莫等闲"二句既是激励自己，也是鞭策部下：珍惜时光，倍加奋勉，以早日实现匡复大业。耿耿之心，拳拳之意，尽见于字里行间。下片进一步表现作者报仇雪耻、重整乾坤的壮志豪情。"靖康耻"四句，句式短促，而音韵铿锵。"何时灭"，用反诘句吐露其一腔民族义愤，语感强烈，力透纸背。"驾长车"句表达自己踏破重重险关、直捣敌人巢穴的决心。"壮志"二句是"以牙还牙，以血还血"式的愤激之语，见出作者对不共戴天的敌寇的切齿痛恨。结篇"待从头"二句再度慷慨明志：等到失地收复、江山一统之后，再回京献捷。全词以雷贯火燃之笔一气旋折，具有撼人心魄的艺术魅力，因而一向广为传诵，不断激发起人们的爱国心与报国情。

4 抗金名将难觅知音

小重山

岳飞

昨夜寒蛩不住鸣[①]。惊回千里梦,已三更。起来独自绕阶行。人悄悄,帘外月胧明。　白首为功名。旧山松竹老[②],阻归程。欲将心事付瑶琴。知音少,弦断有谁听[③]?

注释

①蛩:蟋蟀。

②旧山:旧日的山河,既指故乡又指广大的中原沦陷区。

③瑶琴:镶玉的琴。琴,一作"筝"。这后三句暗用俞伯牙与钟子期的典故。

译文

昨夜我正在梦中千里驰骋,却被蟋蟀叫惊醒。虽时已三更,难再入梦,起身出外,独自于阶前徘徊。四处静悄悄,月色格外分明。我为建功立业奋斗了半生,而今白发满头却一事无成。家乡的青松翠竹早已苍老,关山重重却挡住了我的归程。我想将满腔心事都寄于琴声,无奈知音太少,琴弦又断,更有谁来倾听?

背景故事

在南宋朝廷抗金的斗争中,多数情况下,投降派占据上风。1136年,本来只想苟安江南的宋高宗赵构，在宰相张浚等人的劝说下，决定出兵北伐。湖北、襄阳路宣抚副使岳飞，奉命率领精锐的岳家军从鄂州（今湖北武昌）移驻襄阳（今湖北襄樊），随时准备挥师北上。

但是意想不到的事情发生了。掌握实权的宰相张浚，为了个人目的，竭力说服宋高宗改变主张，另派自己的心腹吕祉去统辖淮西的军队。岳飞知道后非常愤慨，一气之下辞去军务，跑到庐山母亲的墓地守丧去了。

吕祉是个刚愎自用的官僚，根本不会带兵。他到淮西军中只有两个月，刘光世的部将郦琼就举兵叛变，杀掉吕祉，带着四万多将士投降了伪齐政权。这个事件，给整个战局带来了严重的影响。

岳飞在朝廷的再三督促下，不久就从庐山回到了军中。虽然报国的壮志受到挫伤，但并没有绝望，仍然积极整饬军队，训练将士，以便有朝一日能够投入北伐中原的战斗中去，为光复祖国河山贡献力量。

1138年，畏敌如虎的宋高宗终于起用秦桧为宰相，同金朝订立丧权辱国的和约。这对主张用武力收复失地的爱国志士来说，是一个沉重打击。消息传到鄂州，岳飞感到无限的痛心。

想到沦陷敌手的故乡，多少年来，他渴望收复失地，重返家园，现在已无法实现了。他感到万分悲痛，在悲痛中为了抒发自己壮志难酬的孤愤心情，于是写了《小重山》词。

这首词上阕寓情于景，写作者思念中原、忧虑国事的心情。

前三句写作者梦见自己率部转战千里，收复故土，胜利挺进，实现"还我河山"的伟大抱负，兴奋不已。后三句写梦醒后的失望和徘徊，反映了理想和现实的矛盾。以景物描写来烘托内心的孤寂，显得曲折委婉，寄寓壮志未酬的忧愤。下阕抒写收复失地受阻、心事无人理解的苦闷。前三句感叹岁月流逝，归乡无望。"阻归程"表面指山高水深，道路阻隔，难以归去，实际暗喻着对赵构、秦桧等屈辱求和、阻挠抗金斗争的不满和谴责。后三句用俞伯牙与钟子期的典故，表达自己处境孤危，缺少知音，深感寂寞的心情。全词表现了作者不满"和议"，反对投降，以及受掣肘时的惆怅。体现了作者强烈的爱国情感。

5 历史上文人的爱国情节

清平乐

张炎

兰曰国香，为哲人出，不以色香自炫，乃得天之清香者也。楚子不作①，兰今安在？得见所南翁②纸上数笔，斯可矣。赋此以记情事云。

三花一叶，比似前时别。烟水茫茫无处说，冷却③西湖风月。　　贞芳只合深山，红尘④了不相干。留得许多清影，幽香不到人间。

注释

①楚子：指爱国诗人屈原。
②所南翁：指南宋画家郑思肖，自号所南。
③冷却：冷落。
④红尘：纷扰的尘世。

译文

寥寥几笔疏兰，无土无根太个别。面对着茫茫山水无法诉说，更无心去赏那西湖风月。芳香贞洁的兰花只该生在深山，它与那纷乱肮脏的尘世毫不相干。窈窕清影留山中，幽幽香气也不愿飘到世间。

背景故事

宋末元初的时候，历史上涌现出许多以气节自高的民族志士，福建连江人郑思肖即是一个卓越代表。

早先时候，作为太学生的他在杭州参加博学宏词科考试，正赶上元军大举南下，他便向朝廷上书，要求组织力量进行抵抗，但此奏章却被瞒压着不给上报。出于对大宋王朝的一片赤诚，于是他尽自己所能地为挽救赵宋奔走呼号。但可惜得很，气数已尽的南宋王朝很快便退出了历史舞台，作为个人的他自然也就无能为力了。然而，即便如此，他依然如故地思念着南宋王朝，像许多有骨气的文人志士一样树起了一个文化人面对邪恶势力而能够始终坚贞不屈的崇高形象。

据说他对南宋王朝的怀念已经到了疯狂的地步，就是坐下来时也定然要面朝南方的，他正是以这种方式来表明自己对当年位于南方杭州的宋王朝的赤胆忠心。并且到了每年的腊八节，他必定要面向南面的田野痛哭，然后一连拜上几拜，这才回去。每当他听到有人用北方语言讲话时，都要捂住耳朵快速地离开。他原本以善于画兰花著名，这时他也搁笔不再画了。

郑思肖由于自身要爱国担心耽误别人以致终身不娶。关于他善画兰花之事，也留下了许多趣事。他虽然善于画兰花，但他不轻易给人画。当地县官久闻他的大名一再托人说情给他画兰花，郑思肖得知这县官却是一个欺诈百姓的昏官时，断然拒绝。郑家当时还有几分田地，于是这个县官就借此威胁他说，如果不给画兰花，那么县府将要加重其赋税。郑思肖一听，当即大怒道："就是把我杀了也不会给你画兰花！"那个县官终究震慑于郑思肖在社会上的隆盛声望，却也不敢对他恣意胡来了。

南宋王朝灭亡后，郑思肖再画兰花时就不再画上兰花所需的泥土了。人们见他这样，都觉得不可思议，便询问这可有什么道理。而郑思肖则哀叹道："国土都已经丧失了，难道你们不知道吗？"听了此话，问他的人只好知趣地离开。而听到这事情的著名词人张炎，对郑思肖的爱国精神不由得肃然起敬，一次，张炎在朋友珍藏郑思肖所画的墨兰上，感慨地题写了一首《清平乐》词。

其实从词的内涵来看，张炎又何尝不是一位爱国志士呢？

6 大好河山何日收回

相见欢

朱敦儒

金陵城上西楼，倚清秋。万里夕阳垂地大江流。　　中原乱，簪缨散[①]，几时收？试倩[②]悲风吹泪过扬州。

注释

① 簪缨：这里代指世族。
② 倩：请。

译文

登上金陵城的西楼，倚靠栏杆向远处眺望。广阔的天空下，太阳就要落了，大江奔流。中原战乱，人民离散，沦丧的国土什么时候才能收复？请秋风将我的热泪吹到扬州去吧。

背景故事

南宋王朝建立初期，宋高宗启用李纲为宰相，任命宗泽为东京（今河南开封）留守。新皇帝刚继位，所有的大臣们都斗志昂扬，誓与朝廷共存亡，决心大展宏图一举收复中原，所以抗金斗争很有起色。

但是，宋高宗却有另外的想法，他刚刚继位，如果打败金兵收复中原，那就要迎回徽宗和钦宗两位皇帝，到那时自己就再也做不成皇帝了。由于有这种打算，他便采取了投降策略。

宋高宗的投降政策使金兵更加猖狂，他们强行渡过淮河。金陵当时还没有遭到金兵的践踏，但也有兵临城下之感了。

金兵侵占开封城刚刚四个月的时间，烧杀、掳掠、奸淫，无恶不作。当时中原地区有李纲、宗泽、岳飞、韩世忠等爱国文臣武将的积极抵抗，但也存在包括皇帝高宗在内的投降派，有各地纷纷组织起的抗金武装，也有金人建立的傀儡——汉奸张邦昌的伪楚政权和刘豫的伪齐政权。真是天下大乱。

而这时宋王朝的官僚和地主纷纷带上自己的金银财宝南逃了。大片的失地不知道什么时候才能收复？什么时候才能重建大宋江山？在一个秋日的傍晚，朱敦儒登上金陵城西门高高的城楼。他向远方眺望，看到祖国的大好河山如今支离破碎，这让他感到了深深的忧虑，他挥笔写下了《相见欢》这首词以抒发自己当时的心情。

全词气魄宏大，寄慨深远，凝聚着当时广大爱国者的心声。上片写金陵登临之所见。开头两句，写词人登城楼眺远，触景生情，引起感慨。金陵城上的西门楼，居高临下，面向波涛滚滚的长江，是观览江面变化，远眺城外景色的胜地。接下来，作者写自己在秋色中倚西楼远眺。"清秋"二字，容易引发人们产生凄凉的心情。词中所写悲秋，含意较深，是暗示山河残破，充满萧条气象。

第三句描写"清秋"傍晚的景象。词人之所以捕捉"万里夕阳垂地大江流"的意象，是用落日和逝水来反映悲凉抑郁的心情。

下片回首中原，用直抒胸臆的方式，来表达词人的亡国之痛，及其渴望收复中原的心志。"簪缨"是贵族官僚的服饰，用来代人。"簪缨散"，说他们在北宋灭亡之后纷纷南逃。"几时收"，既是词人渴望早日恢复中原心事的表露，也是对南宋朝廷不图恢复的愤懑和斥责。

结尾一句，用拟人化的手法，寄托词人的亡国之痛和对中原人民的深切怀念。作者摈弃直陈其事的写法，将内心的情感表达得含蓄、深沉而动人。人在伤心地流泪，已经能说明他的痛苦难以忍受了，但词人又幻想请托"悲风吹泪过扬州"，这就更加表现出他悲愤交集、痛苦欲绝。扬州是当时抗金的前线重镇，过了淮河就到了金人的占领区。风本来没有感情，风前冠一"悲"字，就给"风"注入了浓厚的感情色彩。此词将作者深沉的亡国之痛和慷慨激昂的爱国之情表达得淋漓尽致、感人肺腑，读后令人感到荡气回肠、余味深长。

7 范仲淹戍边填词

渔家傲
范仲淹

塞下①秋来风景异，衡阳雁②去无留意。四面边声连角起③。千嶂④里，长烟⑤落日孤城闭。　　浊酒一杯家万里,燕然未勒归无计⑥。羌管⑦悠悠霜满地。人不寐,将军白发征夫泪!

注释

①塞下:指宋朝西北边塞。

②衡阳雁:指南归之雁。

③边声:边塞的声音,如风声、马嘶声、羌笛声等。角:画角,军中乐器。古代军中以吹角表示昏晓。

④嶂:屏障一样并列的山峰。

⑤长烟:这里指暮霭。

⑥燕然:山名,即今蒙古境内的杭爱山。未勒:未能刻石纪功。归无计:不能早作归计。

⑦羌管:即羌笛。

译文

西北边塞秋天的风光和江南很不一样。大雁再次飞回衡阳了,一点也没有留恋之意。黄昏时,军中的号角一吹,整个边塞悲哀的气氛也随之而起。层峦叠嶂里,暮霭沉沉,山衔落日,城门紧闭。饮一杯浊酒,不由得想起万里之外的家乡;未能像窦宪那样战胜敌人,刻石燕然,还乡之计就无从谈起。悠扬的羌笛声响起来了,天气寒冷,秋霜满地。夜深了,戍边的将士们却都睡不着觉;将军为军务日夜操劳,须发都变白了;战士们长久地在外戍守边防,因为思念家乡而掉下了眼泪。

背景故事

范仲淹，字希文，苏州吴县（现在苏州吴中区）人，宋真宗朝进士。他是北宋时期的政治家、军事家、文学家。两岁丧父，和母亲随继父（为小官吏）四处迁徙。26岁登进士第，因敢于直言强谏，屡遭贬斥，久不被重用。

宋仁宗时期，范仲淹与韩琦一起被朝廷任命为陕西经略安抚使，戍守边防，抵御西夏。

范仲淹与韩琦一到任，就采取一系列军政措施，很快解除了西夏对延州的威胁。朝廷为此重重奖赏了他们，并先后几次提拔范仲淹。但范仲淹不满足于一时的战果，他与韩琦日夜操劳，希望彻底击退西夏军队，从根本上解除边患。烈日下，他与兵卒一起筑城池，修复废寨；寒冬里，他亲自训练士卒，演习阵法。不到两年，陕西、甘肃一带社会稳定人民安居乐业，军队的战斗力得到了很大的提升。范仲淹已在边区军民中树起了极高的威望，就连西夏人也不敢小看他，称赞他有数万精兵，不可轻易攻打。

这一日，劳累了一天的范仲淹暂时放下军机要事，缓步走出大帐。他一面四处巡视，一面回想起两年多来征战边疆的日日夜夜，为把这种边疆的军旅生活以词的形式表现出来，于是写下了这首《渔家傲》。这首词道出了守边将士报效国家的雄心壮志，诉说了离家万里的忧思。

后来，西夏终于和宋朝讲和了。范仲淹因守边有功，被提升为参知政事，重新回到朝中做了朝廷的重臣，宋仁宗也非常看重他，多次向他征求富国强兵的良策。

范仲淹后来被宋仁宗委以重任，实行变法，力图振兴大宋王朝，后来变法失败，范仲淹被贬，但他的这首词却流传至今。

上片写景，描写的自然是塞下的秋景。一个"异"字，统领全部景物的特点：秋来南飞的大雁，风吼马嘶夹杂着号角的边声，崇山峻岭里升起的长烟，西沉落日中闭门的孤城……作者用近乎白描的手法，描摹出一幅寥廓荒僻、萧瑟悲凉的边塞鸟瞰图。下片抒情，抒发的是边关将士的愁情。端着一杯浑浊的酒，想起远在万里之外的家乡，可是边患没有平息，怎能谈得到归去？再加上满眼的白霜遍地、盈耳的羌笛声碎，又叫人如何能够入睡？将士们只能是愁白了乌发，流下了浊泪。在这里，作者将直抒胸臆和借景抒情相结合，抒发出边关将士壮志难酬和思乡忧国的情怀。

第三辑

追忆往昔篇

人至中年或暮年时回首前段人生总会有许多感悟和感慨，有对以前生活的回味，还有对世事的追忆，这种感受在文人们的笔下便以文字的形式流传了下来，通过阅读这些作品，可以在文字中追忆似水年华，于笔端下体味人生，让我们阅读宋词，阅读那些古人们心之所想、所悟、所感、所叹……

1 少年不识愁滋味

丑奴儿（书博山道中壁①）

辛弃疾

少年不识愁滋味②，爱上层楼③；爱上层楼，为赋新词强说愁④。而今识尽愁滋味⑤，欲说还休⑥；欲说还休，却道"天凉好个秋"⑦。

注释

①博山：地名。在今江西广丰县西南，"南临溪流，远望如庐山之香炉峰"。道中壁：途中某处的墙壁。

②少年：指青壮年时期。不识：不懂，不知何者是。

③层楼：高楼。

④"为赋"句：为了作词而无病呻吟（没有愁而说愁）。强，勉强。

⑤识尽：尝够，深知。

⑥欲说还休：想说又不说。

⑦"却道"句：却说"好个凉爽的秋天"。

译文

少年时代不知什么是愁，觅忧寻愁登上高楼。寻觅忧愁登上高楼，赋诗无病呻吟写忧愁。如今尝尽愁滋味，想说又闭口。想说又不说，却只说"好个凉爽的秋日"。

背景故事

辛弃疾，字幼安，号稼轩，历城（今属山东省济南市）人。当他懂事以后，祖国的北方一大片领土已经为金人占领，从那时起他就饱尝了亡国的滋味，决意到南方来，投奔宋朝。就在他萌生此意后不久，金主完颜亮死了，此事引起了金朝内部的倾轧，一段时间内，金朝对北方的统治有些松动。这就给北方的豪杰壮士，提供了奋起抗金的机遇。

后来，辛弃疾来到南方，一生中也做过几任朝廷命官，如"建康府通判"、"湖北安抚使"等。但是，由于投降派的排挤打击，他终于还是被免职，赋闲在江西上饶、铅山一带达20年之久，壮志消磨，他的悲愤心情是可以想见的。

不过，辛弃疾虽然未能在疆场上为国家、为民族建功立业，但是，他的诗词却独树一帜，在中国文学史上占有光辉的一页。

辛弃疾的词继承了北宋苏轼的壮阔雄浑之风，后人把他和苏轼并称为"苏辛"。他的词悲壮激烈，洋溢着浓厚、热烈的爱国主义精神，开了南宋以后的一代词风。辛弃疾南归以后，正如孤雁回群，认祖归宗，心情是十分兴奋的。他渴望得到朝廷的重用，为国家民族尽忠尽力，也实现自己的抱负理想。于是，他一连写了好几道上书，筹划国家大计，如《九议》、《应问》、《美芹十论》等，可是，都没有引起南宋统治者的重视。

他的词最为后人传诵的，大都是这样慷慨激昂之作。其词取材丰富，他又是遣词造句的高手，作词犹如神助，很多辞章中都有可圈可点、脍炙人口的警句，有的已经成了今天的典故和成语，如："蓦然回首，那人却在灯火阑珊处。""了却君王天下事，赢得生前身后名，可怜白发生！""却将万字平戎策，换得东家种树书。""春在溪头荠菜花。""凭谁问：廉颇老矣，尚能饭否？""天下英雄谁敌手，生子当如孙仲谋！"等等。

辛弃疾64岁的时候，朝廷又启用了他，让他担任浙东安抚使，不久，又调任镇江知府。辛弃疾的爱国热情再一次高涨起来，他积极筹备北伐，备尝辛苦。可是，统治者却将他弹劾了！他回到铅山家中，愤愤而死。而辛弃疾的这首小词正是通过"少年"、"而今"，无愁、有愁的对比，表现了词人受人排挤、报国无门的痛苦，有力地讽刺和鞭挞了南宋统治集团。

2 醉心于山水的仲殊和尚

南柯子

仲殊

十里青山远，潮平路带沙①。数声啼鸟怨年华②，又是凄凉时候在天涯③。白露收残月④，清风散晓霞⑤。绿杨堤畔闹荷花⑥，记得年时沽酒那人家⑦。

注释

①潮平：潮涨。

②怨年华：此指鸟儿哀叹年华易逝。

③凄凉时候：指天各一方的分离时日。

④白露：露水。

⑤散：送。

⑥闹：形容花开之盛。

⑦年时沽酒：去年买酒。

译文

走在江边潮湿带泥沙的路上，向那远在十里外的青山丛林去找寻寺庙。途中听到鸟声油然而起年华虚度的怅恨，这种漂泊生涯为时已经不短了。白露冷冷，清风拂拂，残月方收，朝霞徐敛，继续行走在没有归宿的路上，走在河堤上发现这是故地重游便欣然向荷花发出问话："你还记得年前到此买酒喝的那个人吗？"

背景故事

仲殊和尚俗姓张，名挥，字师利，江苏人。此人与苏轼交往密切。由于颇有文才，张挥受到推荐去参加进士考试，谁知一回家居然撞见他妻子跟人私通，他当下极为气愤。只因是家丑，他没有声张。谁知心肠歹毒的妻子竟在给他吃的食品里暗暗地添加了有毒之物，想要缓缓地把他杀害。后来，投毒事件终于败露。逃过了这生死劫难的张挥，顿时看破了世事的虚伪和丑陋，一气之下就出家为僧，并改取法名为仲殊了。

仲殊和尚爱吃蜜，不吃肉，因为佛规不许吃肉，还因为城里的郎中说了，一旦吃肉可使自己体内的毒药发作。但他是要喝酒的，这种佛家的清规戒律，有时对他是不管用的。尽管"蜜殊"现在是一名可以云游四海的僧人，但他毕竟跟一般的和尚不同，尘世间的喜怒哀乐难以从他的视线里退出。事实上，他原本就是因难以完全看开那些卑污的事情才去做的和尚，所以，人世间的许多纷繁情事也就会时不时地涌上他的心头。在一个夏日，仲殊和尚孤独地走在江岸上，脚下潮水涨平了沙路。远远的是一抹青山，不远处偶尔有鸟啼声传来。此时，残月西坠，白露湿衣，拂晓的凉风轻轻地撩开东边天上的朝霞。

忽然想到那些难以忘怀的往事，于是，他便抑扬顿挫地吟起一首叫《南柯子》的词来。

这首词是写词人在夏日旅途中的一段感受，反映出他眷恋尘世、往事的复杂心境。上片写作者云游四方，在江边孤身行走，自感寂寞，慨叹年华虚度。下片写词人在荷池旁边唤起了对往事的回忆。这首词即景生情、寓情于景。

开篇两句写出了一幅山水映带的风景画面，这画面隐衬出画中人孤身行旅中的寂寞感。下面他骤然发出"数声啼鸟怨年华"的慨叹，这何尝是啼鸟怨年华，而正是行客自己途中听到鸟声油然而起地对年华虚度的怅恨。

下片进一步以"残月"、"晓霞"点明这是一个夏天的早晨，作者继续行走在没有归宿的路上，他一面欣赏着这清爽的夏天早晨的旅途美景，一面也咀嚼着自己长期以来萍踪无定的生活况味。行行复行行，不觉来到一处绿杨堤岸的荷池旁边，池中正开满荷花。一个人浪迹天涯，当此孤寂无聊境地，美丽的荷花一下竟成了难得的晤谈对象。"绿杨堤畔闹荷花"，"闹荷花"，显出了词人清操越俗的品格，暗示出只有出淤泥而不染的荷花才配做自己的知己。亭亭玉立的荷花以它天然的风韵唤起了他的美好记忆，使他恍然意识到这里是旧地重游。他清楚地记得那次来时，为了解除行旅的劳倦，曾向这儿一家酒店买过酒喝，乘醉观赏过堤畔的荷花。这一切都因眼下荷花的启发而记忆犹新。于是最后他欣然向荷花发出问话："记得年时沽酒那人家？""家"在此用作语尾词，是对"那人"的加强语气。于此情景相生的妙笔中可以见出僧人的性格、风趣，和他那潇洒自得的飘洒文笔。

3 阴阳相知的思念

江城子（乙卯正月二十日夜记梦①）
苏轼

十年生死两茫茫②，不思量，自难忘。千里孤坟③，无处话凄凉。纵使相逢应不识，尘满面，鬓如霜④。　夜深幽梦忽还乡，小轩窗，正梳妆。相顾无言，唯有泪千行。料得年年肠断处，明月夜，短松冈⑤。

注释

①乙卯：宋神宗熙宁八年(1075)。苏轼此时四十岁，在密州知州任上。

②十年生死：作者的妻子病逝已经十年。两茫茫：两地茫茫，意思是说一在人间，一在黄泉。

③千里孤坟：苏轼妻子的坟在老家眉山，与密州相隔数千里之遥。

④"尘满面"二句是说这十年之中，自己奔波劳碌，已经是风尘满面，两鬓斑白，即使与亡妻相见，恐怕她也认不出自己了。

⑤短松冈：长满小松的山冈。此处指作者妻子的坟墓。

译文

与你永诀已经整整十年了，你我二人阴阳相隔，音讯茫茫。即使是不去思念，你那音容笑貌我怎能遗忘。如今你静卧在千里之外的孤坟，又能对谁诉说你的凄凉。现在如果你我相遇，你也不会再认出我，因为今天的我已经是风尘满面，两鬓斑白。夜里做梦，竟梦见回到了故乡，见到你斜对轩窗精心地梳妆打扮。我两人默默相视，却又说不出话，只有那泪水扑簌簌往下流淌。我知道从今而后最让我伤心的地方，就是那冷月当空的青松山冈。

背景故事

　　苏轼是北宋大文学家、书画家。字子瞻，号东坡居士，眉山（今属四川）人。苏洵之子。嘉祐进士。因反对王安石变法，以作诗"谤讪朝廷"罪贬谪黄州。哲宗时，任翰林学士，曾出知杭州、颍州，官至礼部尚书。后又贬谪惠州、儋州，卒后追谥文忠。学识渊博，喜奖掖后进。在政治上属于旧党，但也有改革弊政的要求。其文明白畅达，为"唐宋八大家"之一。其诗清新豪放，善用夸张比喻，在艺术表现方面独具风格。其诗能反映民间疾苦，指责统治者的奢侈放纵。词开豪放一派，对后代很有影响。

　　900多年前的一个夜晚，也就是公元1075年正月二十日这一夜，苏东坡正做着一个温馨的梦，梦中的他就要回到阔别已久的家中，见到日思夜念的亲人。这是他多么长久的企盼啊！仕途坎坷，身不由己，使他常年漂泊在外，难得与亲人一聚。他曾经多少次梦中回到故乡，与心爱的她执手相望，百感交集，醒来后却是一场空。这一次应该是真的了吧？妻子仍旧那样娴静地坐在窗前，整理她那如云的鬓发。在两人目光相触的一刹那，幸福而辛酸的泪水不禁夺眶而出，激动又复杂的心情再难用任何语言表达。但苏东坡万万没有想到的是，这一次他竟然又被无情的梦给欺骗了。夜半醒来，辗转难眠，思潮翻涌，感慨万千。算来妻子已经离开人世整整十年了，这十年来，他一时一刻都不曾忘记过她，那种明知再也不能相见却又忍不住去幻想的心情一直伴随着他。有时苏东坡也想，即使真有重逢的机会，妻子还能认出十年后满面沧桑的自己吗？世事无常，仕途艰险，岁月无情，青春不再啊。但纵然如此，苏东坡依旧坚信，千里之外另一个世界中的妻子，一定也会像自己一样，日日夜夜为相爱之人的生死阻隔而肝肠寸断。

梦中的苏东坡无比幸福，醒来的苏东坡却无限凄凉。但无论如何，苏东坡与妻子的爱情坚定执着，因为苏东坡爱他的妻子，更明白妻子对他的爱，尽管已是人鬼相隔，但这种爱足以支撑他自信顽强地走在人生路上。

妻子离开苏东坡已整整十年，十年来世事变幻、容颜更改，但不变的是那永永远远、丝丝缕缕的牵念。纵然是生死相隔，纵然是面目全非，纵然是深埋土中，旧日情怀却依然。年复一年，"短松冈"上，"妻子"无奈的叹息将永远与明月相伴；年复一年，明月之下，也总会有东坡悠长的思念，穿山越岭，直抵千里之外的那片松林。对于苏东坡来说，其心中的沉痛，是不言而喻的。开头三句，排空而下，真情之语，感人至深。恩爱夫妻，撒手永诀，时间倏忽，转瞬十年。人虽已亡，而过去美好的情景"自难忘怀"！而今想起，更觉天人永隔，倍感痛楚。妻子逝世后这十年间，苏东坡因反对王安石的新法，在政治上受到压制，心境是悲愤的；到密州后，又逢凶年，忙于处理政务，生活上困苦已极。适逢亡妻十年忌辰，正是触动心弦的日子，往事蓦然来到心间，久蓄心怀的情感潜流，忽如闸门大开，奔腾澎湃而不可遏制。想到爱侣的死，感慨万千，远隔千里，无处可以话凄凉，话说得极为沉痛。作者孤独寂寞、凄凉无助而又急于向人诉说的情感令人格外感动。接着，"纵使相逢应不识，尘满面，鬓如霜。"又把现实与梦幻混同了起来，把死别后个人的种种忧愤，包括容颜的苍老，形体的衰敝，这时他还不到四十岁，已经"鬓如霜"了。明明她辞别人世已经十年，却要"纵使相逢"，这是一种绝望的假设，深沉、悲痛，而又无奈，表现了作者对爱侣的深切怀念，也把个人的变化做了形象的描绘，使这首词的意境更加深了一层。词的下片才真正进入"梦境"。作者在梦中回到了故乡。在那里，与自己的爱侣相聚、重逢。这里作者描绘了一个朴实、感人而又美好的场景——"小轩窗，正梳妆"。作者以这样一个常见而难忘的场景表达了爱侣在自己心目中的永恒的印象。但苏东坡笔力的奇绝之处还在下边两句——"相顾无言，唯有泪千行"！妙绝千古。正唯无言，方显沉痛。正唯无言，才胜过了万语千言。正唯无言，才使这个梦境令人感到无限凄凉。"此时无声胜有声"。无声之胜，全在于此。结尾三句，又从梦境落回到现实上来。设想死者的痛苦，以寓自己的悼念之情。特别是"明月夜，短松冈"二句，凄清幽独，黯然魂销。苏东坡此词最后这三句，意深，痛巨，余音袅袅，让人回味无穷。

4 寂寞沙洲冷

卜算子（黄州定惠院寓居作①）

苏轼

缺月挂疏桐，漏断人初静②。谁见幽人独往来③？缥缈孤鸿影。　惊起却回头，有恨无人省④。拣尽寒枝不肯栖，寂寞沙洲冷。

注释

①黄州：宋代州名，在今湖北省黄冈市。定惠院：故址在今黄冈市东南。苏轼被贬为黄州团练副使时，曾经在此寺寄居。

②漏断：夜漏中的滴水渐少，声音渐轻。指夜深时分。

③幽人：原指幽囚的人。苏轼被谪居黄州，如同囚犯，故以幽人自喻。

④省（xǐng 醒）：理解、了解。

译文

弯弯的月亮挂在梧桐树稀疏的枝条上,夜色已深,州人早已安然入梦。有谁能见到我这个谪宦独来独往,仿佛是一只缥缈的孤鸿。

这受惊的鸿雁回过头来,却无人能够理解它内心的伤痛。围绕着寒枝不肯栖息,宁可独宿在冰冷的沙洲之中。

背景故事

北宋哲宗时期,苏轼再次被贬,在惠州白鹤峰搭了几间草屋,暂时居住下来。白天,他在草屋旁开荒种田;晚上,在油灯下读书或吟诗作词。苏轼的一生几乎都处于主张变法的新党与反对变法的旧党斗争的夹缝之中,由于他为人刚正不阿,直言敢谏,所以一再遭贬。哲宗元祐八年(1093),所谓的新党上台,他们把苏轼当做旧党来迫害,一贬再贬,最后贬为建昌军司马惠州安置。苏轼感到北归无望,便在白鹤峰买地数亩,盖了几间草屋,暂时安顿下来。

令人不解的是,每当夜幕降临的时候,便有一位妙龄女郎偷偷来到苏轼窗前,偷听他吟诗作赋,一直到深夜也不肯离去。露水打湿她的鞋袜,而她浑然不觉,还在全神贯注地听着,听到高兴的时候她会情不自禁地跟着小声吟读。这位每天都来听诗的女子很快就被主人发现了。一天晚上,当这位少女偷偷来到之时,苏轼轻轻推开窗户,想和她谈谈,问个究竟。谁知,窗子一开,那位少女像一只受惊的小兔子,撒腿便跑,她灵活地跳过矮矮的院墙,便消失在夜幕之中。

白鹤峰一带人烟稀少,没有几户人家,没用多久苏轼便搞清了事情的原委。原来,在离苏轼家不远的地方,住着一位温都监。他有一个女儿,名叫超超,年方二八,生得清雅俊秀,知书达礼,尤其喜爱阅读东坡学士的诗词歌赋，常常手不释卷地读，苏轼的《赤壁词》、前后《赤壁赋》等作品她都背得滚瓜烂熟。她对东坡作品的喜好达到了入迷的程度，每晚要是不阅读苏学士的诗词，她就不能入睡。她经常对人说："要找如意郎君，就要找像苏学士这样的人。"她打定主意，非苏学士这样的才子不嫁。因此，虽然早已经过了十五岁，可是还没有嫁人。自从苏轼被贬到惠州之后，她一直想寻找机会与苏学士见面，怎奈自己与苏轼从未谋面。苏轼虽然遭贬，毕竟还是朝廷臣子，而自己是一个小小都监的女儿，怎能随便与人家见面呢？况且男女有别，人言可畏，她更不敢与苏轼会面了。因此只好每天晚上，不顾风冷霜寒，站在泥地上听苏学士吟诗，在她看来这也是一种很大的享受。

苏轼了解实情之后十分感动，他暗想，我苏轼何德何能，让才女迷恋到这种程度。他打定主意，要成全这位才貌双全的都监之女。苏轼认识一位姓王的读书人，生得风流倜傥，饱读诗书，抱负不凡。苏轼便找机会对温都监说："我做个媒让你的女儿和王书生结合，了结你女儿的一个心愿。"温都监父女都非常高兴。从此，温超超便闭门读书，或者做做针线活，静候佳音。

谁知，祸从天降。当权者对苏轼的迫害并没有终止。正当苏轼一家人在惠州初步安顿下来之时，哲宗又下圣旨，再贬苏轼为琼州别驾昌化军安置。琼州远在海南，是一块荒僻的不毛之地。衙役们不容苏轼做什么准备，紧急地催他上路，苏轼只得把家属留在惠州，自己带着幼子苏过动身前往琼州。全家人送到江边，挥泪告别。苏轼想到自己这一去生还的机会极小，也不禁悲伤起来。他走得如此急促，他的心情又是如此的恶劣，哪里还顾得上王郎与温超超的婚事呢？

苏轼突然被贬海南，对温超超无疑也是晴天霹雳。她觉得自己不仅错失一门好姻缘，还永远失去了与她崇敬的苏学士往来的机会。从此她变得痴痴呆呆，少言寡语。常常一人跑到苏学士在白鹤峰的旧屋前一站就是半天。渐渐她连饭都吃不下了，终于一病不起。临终前，她还让家人去白鹤峰看看苏学士回来没有。她带着满腔的痴情，带着满腹的才学和无限的遗憾离开了这个世界。家人遵照她的遗嘱，把她安葬在白鹤峰前一个沙丘旁，坟头向着海南方向，她希望即使自己死了，魂灵也能看到苏学士从海南归来。

后来，徽宗继位，大赦天下，苏轼才重新回到内地。苏轼再回惠州时，温超超的坟墓已经长满了野草。站在墓前，苏轼感到很伤心，他恨自己未能满足超超的心愿，如今，他已无法安慰这个痴情的才女，带着一种愧疚感，吟出一首《卜算子》词来：这首词上阕首先营造了一个幽独孤凄的环境，残缺之月，疏落孤桐，滴漏断尽，一系列寒冷凄清的意象，构成了一副萧疏、凄冷的寒秋夜景，为幽人、孤鸿的出场作铺垫。这一冷色调的描写，其实是词人内心孤独寂寞的反映。"谁见"两句，用一个问句将孤独寂寞的心明确地表达了出来。下阕承前而专写孤鸿。描写了被惊起后的孤鸿不断回头和拣尽寒枝不肯栖身的一系列动作。其实，这也是当时词人内心世界的真实写照。苏轼因乌台诗案几乎濒临死地，曾在狱中做了必死的打算，此时出狱，而惊惧犹存；异乡漂泊，奇志难伸，只令人黯然神伤，百感交集。"有恨无人省"是词人对孤鸿的理解，更是孤鸿的回头牵动了自己内心的诸多隐痛忧思。"拣尽寒枝"是对孤鸿的行动的描写，更是对自己高尚人格的写照，并暗示出当时的凄凉处境。苏轼为人正直有操守，为官坚持自己的政治立场，故新旧两党均将之排斥为异己，苏轼却并不愿意放弃自己的立场。这正是"拣尽寒枝不肯栖"的孤鸿：即使无枝可依，也仍然有自己的操守。本词明写孤鸿，而暗喻自己，此词咏孤鸿，寄托自己的情思。特点是人和鸿两个形象融为一体。上阕写静夜鸿影、人影两个意象融合在同一时空，暗示作者以鸿咏人的匠心。下阕写孤鸿飘零失所，惊魂未定，却仍择地而栖，不肯与世俗同流合污。主要写孤鸿心有余悸的凄惨景况和坚持操守的崇高气节。透过"孤鸿"的形象，容易看到词人诚惶诚恐的心境以及他充满自信、刚直不阿的个性。

5 三更渔歌忆往事

临江仙（夜登小阁忆洛中旧游①）
陈与义

忆昔午桥桥上饮②，坐中多是豪英。长沟流月去无声③，杏花疏影里，吹笛到天明。　二十余年如一梦④，此身虽在堪惊。闲登小阁眺新晴，古今多少事，渔唱起三更⑤。

注释

①洛中：北宋西京河南府，治所在洛阳县。陈与义是河南人，所以故乡有他的旧友。

②午桥：即午桥庄，故址在今河南省洛阳市南。唐宰相裴度晚年在这里建别墅，与白居易、刘禹锡等人诗酒往来。

③长沟：午桥下的河流。

④二十余年：指靖康之乱前作者在洛阳生活的那段时光。

⑤渔唱：渔人之歌。三更：三更天，指午夜时分。

译文

回忆起昔日在洛阳午桥上的痛饮，座客大多是豪杰英雄。长河上倒映的明月，像是随着河水悄悄地流动。我们同坐在杏花的疏影下，长笛一直吹到天明。如今二十多年过去，宛如一夜长梦。虽然此身还在人世，一想到国破家亡，朋友流散，仍然感到心惊。闲来无事时登上小楼观赏雨后的晴空。古今多少兴亡成败，都好像融进了三更时的渔歌之中。

背景故事

陈与义,洛阳人,号简斋,南宋爱国词人,有《简斋集》、《无住词》等。宋钦宗时期,金兵大举入侵中原,包围汴京,北宋政权眼看就要灭亡了。这一年,词人陈与义因父亲去世暂时离开朝廷,在人民纷纷逃难的情况下,他先到汝州,随即向南,经叶县、方城,到光化。

宋高宗时期,他又从光化回到邓州。第二年他又从均阳出发,顺汉水南下,秋冬之际,他到了湖南岳阳,在连续近三年的逃难中,他几乎跑遍了大半个中国。

这一年,他来到了湖州,在一间僧舍里暂时住了下来。整理好行李,天色已晚,不一会儿天便黑透了。

在长期的逃难中,陈与义思念故土,想念亲人,忧国忧民。此时夜深人静,他走出僧舍,登上旁边的一座小阁。抬头远望,夜色茫茫处就是家乡洛阳,回首前尘,往事如烟,却历历在目。

那是他年轻时在洛阳的生活:

午桥,到处是"天香国色"的牡丹花。这里筑山穿池,有风亭、水榭、彩阁、凉台。这里名贵的牡丹应有尽有,而唐代裴度的绿野草堂也建在这里。加上清流湍急、映带左右的天然风光,于是便成了唐宋以来文人名士们咏觞流连的好去处。而因"午桥"人杰地灵,所以令人乐而忘返。

月亮升起来了,那么皎洁的月光。桥下是悄悄流去的河水,映在水面上的明月,好似也跟着河水远去了。

那么,在如此"清凉无限"的境况中的人呢?"杏花疏影里,吹笛到天明",明净清澈的月光,透过树枝把稀疏的花影投映在地上,这时,从花影下传出悠扬的笛声。

这是在小阁之上对"洛中旧游"的回顾。虽然历经离乱,但这里没有那种"慷慨赋诗还自恨,徘徊舒啸却生哀"的感情,而从水上的"午桥",长沟的"流月",杏花的疏影中,却可看出浸透着一种舒放轻快的气息。是什么声音叩响耳鼓,啊,是江面上传来的渔夫的歌声。它在这更深夜静的夜空中飘荡,"二十余年如一梦"的往事,不就是历史浩浩长河中的一小朵浪花吗?

但是他从宋徽宗政和三年走上宦途,屡遭贬谪,以后又连年流亡,万里奔波,九死一生。现在以病辞职,投寄在这僧舍,怎能不产生此身何寄的茫然之感呢?

夜色正浓,心潮难平。陈与义的那首著名的《临江仙》写成了。

此词上片回忆南渡之前在洛阳午桥上与从多豪杰之士的欢饮,叙事中有写景。下片所述时间上由昔转今,空间上由洛阳转回江南,是词人一番深之又深的感慨。

6 追往事叹今吾

鹧鸪天

有客慨然谈功名①,因追念少年时事戏作②

辛弃疾

壮岁旌旗拥万夫③,锦襜突骑渡江初④。燕兵夜娖银胡䩮,汉箭朝飞金仆姑⑤。　追往事⑥,叹今吾⑦,春风不染白髭须⑧。却将万字平戎策,换得东家种树书⑨!

注释

①慨然谈功名：激昂慷慨地谈起功名事业方面的事。

②少年时事：指青年时期归宋和杀叛将张安国事。戏作：古人写诗词命题常用的谦辞，表示是带游戏性的非正式作品。

③壮岁：指青年时期。旌旗：军旗。拥万夫：统领万余抗金战士。

④锦襜突骑：精锐的锦衣骑兵。渡江：谓突破敌人包围，英勇渡江归宋。

⑤"燕兵"二句：宋金两军鏖战，金军惊恐万分，夜间使人拿着空箭囊，倾听远方声息，以免受暗袭；宋军在天一亮便万箭齐发，向金兵发动猛烈进攻。燕兵，指金兵。娖，整顿。银胡革录，银色的箭袋，又可作探测远处声响用。汉箭，宋军所发箭。金仆姑，箭名。

⑥追：回忆。

⑦今吾：今天的我。

⑧髭：嘴上边的胡子。以上三句感叹年老，胡子白了不能再黑。

⑨平戎策：指他屡次上书陈述的抗金策略及救国计划。东家：东邻。

译文

在那难忘的青年时代，高举义旗率众抗击金兵，突破敌人的包围，英勇渡江归南宋。金军万分惊恐，夜间使人用箭囊听动静，宋军拂晓万箭齐发，向敌人发动猛烈进攻。追怀往事，感叹今我，垂垂年老胡须白，变黑枉自盼春风。过去上了那么多抗金意见和建议的奏折，今天却落得种树难平戎。

背景故事

辛弃疾一生积极主张抗金，他本人也加入到抗金的义军行列，并且多次提出抗金恢复宋室之策，但都没有被朝廷采纳。直到暮年也没能实现恢复宋室之愿，他回想往事，感慨万千，于是成词一首。

上片忆旧，下片感今。上片描摹青年时代一段得意的经历，慷慨激越，声情并茂。下片转把如今废置闲居、髀肉复生的情状委曲传出。前后对照，感慨淋漓，而作者关注民族命运，不因衰老之年而有所减损，这种精神也渗透在字里行间。

辛弃疾二十二岁时，投入山东忠义军耿京幕下任掌书记。那是宋高宗绍兴三十一年（1161）。这一年金主完颜亮大举南侵，宋金两军战于江淮之间。第二年春，辛弃疾奉表归宋，目的是使忠义军与南宋政府取得正式联系。不料他完成任务北还时，在海州就听说叛徒张安国已暗杀了耿京，投降金人。辛弃疾立即带了五十余骑，连夜奔袭金营，突入敌人营中，擒了张安国，日夜兼程南奔，将张安国押送到行营所在，明正国法。这一英勇果敢的行动，震惊了敌人，大大鼓舞了南方士气。

上片追述的就是这一件事。"壮岁"句说他在耿京幕下任职（他自己开头也组织了一支游击队伍，手下有两千人）。"锦𧝑突骑"，也就是锦衣快马，属于侠士的打扮。"渡江初"，指擒了张安国渡江南下。然后用色彩浓烈的笔墨描写擒拿叛徒的经过：

"汉箭朝飞金仆姑"，自然是指远途奔袭敌人。"夜娖银胡䩮"，胡，是装箭的箭筒。古代箭筒多用革制，它除了装箭之外，还另有一种用途，夜间可以探测远处的音响。"燕兵"自然指金兵。燕本是战国七雄之一，据有今河北北部、辽宁西部一带地方。五代时属契丹，北宋时属辽，沦入异族已久。所以绝不是指宋兵。由于辛弃疾远道奔袭，擒了叛徒，给金人以重大打击，金兵不得不加强巡查，小心戒备。（这两句若释为："尽管敌人戒备森严，弃疾等仍能突袭成功。"也未尝不可。）"夜娖银胡䩮"便是这个意思。

这是一段得意的回忆。作者只用四句话，就把一个青年英雄的形象生动地描绘出来。

下片却是眼前情景，对比强烈。"春风不染白髭须"，人已经老了，但问题不在于老，而在于"却将万字平戎策，换得东家种树书。"本来，自己有一套抗战计划，不止一次向朝廷提出过（现在他的文集中还存有《美芹十论》、《九议》等，都是这一类建议，也就是所谓"平戎策"。）却没有得到重视。如今连自己都受到朝廷中某些人物的排挤，平戎策换来了种树的书（暗指自己废置家居）。少年时候的那种抱负，只落得一场可笑可叹的结果了。

7 登高楼凭吊古人

念奴娇（登建康赏心亭①呈史留守致道②）

辛弃疾

我来吊古，上危楼，赢得闲愁千斛③。虎踞龙蟠何处是？只有兴亡满目④。柳外斜阳，水边归鸟，陇上吹乔木⑤。片帆西去，一声谁喷霜竹⑥。　却忆安石风流，东山岁晚，泪落哀筝曲⑦。儿辈功名都付与，长日惟消棋局⑧。宝镜难寻，碧云将暮，谁劝杯中绿⑨？江头风怒，朝来波浪翻屋⑩。

注释

①赏心亭：在建康城西下水门城上。建于北宋，当时为游览胜地。

②呈：呈送。史留守致道：史致道，名正志，当时任建康行宫留守。

③吊古：凭吊历史人物和历史事迹。危楼：高楼。这三句说，登上赏心

亭吊古伤今，心头郁积着无限的哀愁。

④虎踞龙蟠：形容南京地势险要。诸葛亮评论金陵（南京）地理形势时说："钟阜龙蟠，石城虎踞，真帝王之宅。"这两句说，古人所称赞的那种龙蟠虎踞的险要形势在哪里啊？如今看到的却是六朝兴亡的历史遗迹，一片萧条景象。踞，蹲、坐。蟠，盘绕。

⑤这三句写在亭子上所见的黄昏景色。陇，通垄，田埂。乔木，高大的树木。

⑥这两句说，江中孤帆西去，远处传来笛声。

⑦这三句说东晋谢安有文采，有才能。他曾寓居会稽，"高卧东山"，与王羲之等游山玩水，咏诗作文。一次孝武帝召宴，谢安在座。桓伊弹筝唱歌，替谢安表白忠心，声调慷慨。谢安听完，泪下沾襟。

⑧"儿辈"两句：东晋时，前秦苻坚势力强大，发兵攻晋，谢安派他的弟弟谢石和侄子谢玄率兵迎战，以少胜多，大败前秦军队，这就是著名的"淝水之战"。捷报传来，谢安正与客人下棋，他十分从容地说："小儿辈遂已破贼。"儿辈，指谢玄等。这两句意谓功名事业让别人去干吧，自己只好整日下棋消磨时光。这里作者用谢安喻史致道，由于不受重用而无所作为。

⑨这三句是说宝镜找不到，连"对影成三人"都不可得，孤苦无聊，谁来劝我喝一杯酒呢？

⑩这两句暗喻国势危急。

译文

我登高楼来凭吊古人，激起愁恨无边。高楼在何处？虎踞龙盘耸立千古，回顾南朝历史，金陵王气已消失，只有兴亡景象映眼目。柳外斜阳，一片黯淡光景，水边归鸟，令人伤心惨目。山上风吹乔木，苍茫是历史景象，分崩动荡实堪忧。西去片帆掠过，笛声昂扬使人豪气抖擞。谢安有非凡的器宇风度，东山再起前，看似消磨在棋局，却不曾忘记战局，运筹黑白出奇制胜，远见卓识武略高。桓伊筝曲音节悲慨，功勋赫赫的谢安啊，泪流满心悲忧。英雄将老，碧云将暮，劝君且进杯中美酒。江头的惊涛怒风啊，正是经纶手的写照。

背景故事

　　这首词是为登建康赏心亭而写的。当时抗战派人物史致道知建康府，辛弃疾任建康府通判。此词情感形式的最大特点是结构层次善于移步换景，在感情深入的同时，逐步强化了共鸣的节奏。而且还蕴藏着伤时哀世的悲伤之感。在词中，作者所凭吊的谢安是东晋时期的宰相，他指挥了著名的淝水之战。因战役主要发生在淮水支流淝水一带，故称为淝水之战。前秦苻坚于373年（宁康元年）攻占东晋的梁、益二州（今陕南、四川大部），又于376年（太元元年）兼并了前凉和代。统一北方以后，积极准备南下灭晋。382年，苻坚召集群臣商议，要亲率大军南下，一举并吞据有东南一隅的东晋。除秘书监朱肜表示赞同外，其余诸臣普遍提出异议，引起苻坚的不满。其弟苻融也表示反对，理由是前秦连年战争，兵疲将倦，人民又不愿与东晋作战。一旦大军南下，被征服的鲜卑、羌、羯等族的贵族，就会起来反叛。苻坚自以为强兵百万，资仗如山，投鞭断流，灭晋就在眼前。这时鲜卑族将领慕容垂和羌族将领姚苌希望前秦失败，以便恢复自己的割据势力，都怂恿苻坚伐晋。次年五月，苻坚下令百姓每十丁抽一为兵，"良家子"（门第较高的富家子）年二十以下有材勇者，都授羽林郎官号。所有公私马匹全部征用。这些军队除汉人外，还有不少是鲜卑、羯、匈奴、氐、羌等少数民族。八月，苻坚倚仗其优势兵力，西起鄂北，东到寿春，兵分三路，全面进攻。西路由大将姚苌率梁、益两州军队，沿长江、汉水东进；中路由苻坚亲自率领步兵六十万、骑兵二十七万，由长安出发，经洛阳、项城、颍口南下；东路由苻融为前锋都督，领慕容垂等所率步骑二十五万为前锋，经彭城（今江苏徐州）南下。秦军百万，前后千里，水陆齐进，旗鼓相望。东晋统治阶级为了阻止胡马渡江，暂时缓和了内部矛盾而一致对敌。宰相谢安沉着镇静，以荆州刺史桓冲控制长江中游，以防御为主，阻止秦军由襄阳方面进攻；命谢石为征讨大都督，谢玄为前锋都督，统领谢琰、桓伊、刘牢之等，率八万北府兵开赴淮水一线抗击。又命龙骧将军胡彬率五千水军增援寿春。十月，苻融所率前锋部队渡过淮水，攻占寿春，胡彬退保硖石（今安徽寿县西北），遭到围困。苻融派部将梁成率兵五万进驻洛涧（淮河支流，今安徽淮南东）。谢玄军由东向西推进，驻兵于洛涧东二十五里处。这时，秦军主力已抵项城（今河南沈丘），苻坚带轻骑八千，兼道赶到寿春，直接指挥。随后他派在襄阳被俘的晋将朱序到晋营劝降谢石，朱序却私下劝谢石趁秦军主力未到之前，迅速发起攻击，一鼓作气，击败秦军。谢石于是派北府兵将领刘牢之率精兵五千渡过洛涧，一战击败秦军前锋，阵斩秦将梁成等，歼秦军一万五千余人。兵力处于劣势的晋军首战告捷，士气大振，逆水陆并进，苻坚在寿春城上，望见晋军阵容严整，以为八公山（今安徽寿县城北）上的草木都是晋兵，始感恐惧。洛涧获胜后，谢石、谢玄率主力挺进至淝水（今安徽寿县东瓦埠湖至淮河的一段河流）东岸，与秦军隔河对峙。谢玄派人到苻融营中，要求秦军略向后退，以便渡河决战。秦军一些将领认为不应后撤。苻坚则企图稍退以迷惑晋军，待其半渡，以骑兵突袭取胜。但被迫当兵的各族人民拼凑的秦军，在洛涧失败后，无心再战，当听到后撤命令时，竞相奔逃。朱序又在阵后大呼"秦军败矣！"谢玄等引兵乘机抢渡淝水猛烈进攻，秦军溃败，苻融马倒被杀。晋军乘胜追击至寿春城西的青冈才收军，秦军死者相枕。秦军溃逃时，听到风声鹤唳，都以为是东晋追兵，自相残踏而死者，蔽野塞川。他们昼夜不敢休息，疲惫饥寒，死者十之七八。苻坚身中流矢，单骑而逃，回长安后不久，于385年为羌族将领姚苌所杀，前秦瓦解。

4

第四辑

友情篇

"有情风万里卷潮来,无情送潮归",书生文人对友情都有特殊的感受,这从他们的作品中可以看出来,而宋词中关于友情的故事也不在少数,著名的有辛弃疾、陈亮的鹅湖之会,苏轼、参寥子的真挚友谊,以及岳飞后人岳珂与辛弃疾的忘年交……文人之间的友情更多的是一个"义"字,他们大多会在朋友们身陷困境时不顾个人安危伸出援助之手,所谓"人生得一知己足矣,斯世当同怀视之"也正是许多文人对朋友态度的真实写照。

1 小神仙难舍尘缘

太平时

陈妙常

清静堂中不卷帘,景悠然。闲花野草漫连天,莫狂言。　独坐洞房谁是伴,一炉烟。闲来窗下理琴弦,小神仙。

译文

清静堂这里环境优美,到处是鲜花野草,我在此过着悠然的生活,请不要再多说什么。当单独坐在房中,面对一炉缭绕的香烟,弹琴念佛,这是人间神仙般的生活,你不要再乱想了。

背景故事

在宋朝时期有个女贞观。观里有位叫陈妙常的尼姑,她年方二十,姿色出众,不仅如此,她更是诗文俊雅,是位十分难得的女才子。

这一年,张孝祥被朝廷任命为临江令。于是他打点行装,带上仆人便上路了。说来也巧,这一天在途中他投宿在一座寺观中,这座寺观恰恰就是女贞观。

晚饭后,张孝祥闲来无事,在观中四处游玩,无意中看到了陈妙常。

在闲谈中，张孝祥发现这位芳龄才20岁的尼姑陈妙常，不但长得天姿国色，言谈举止非常优雅，而且居然还能够弹琴写诗！这使张孝祥大为吃惊，对她自然就极有好感并决心娶她为妾。他当即便写了首词赠给她，字里行间充满着挑逗之意。谁知这陈妙常不但丝毫不为所动，反而也填写了一阕词牌名为《太平时》的词，返赠并婉拒了张孝祥。

　　陈妙常的词表明自己安于"清静堂"中的悠然生活，特别是独坐房中，面对一炉缭绕的香烟，弹琴念佛，就是人间的小神仙也不能与她相比。这是在告诉张孝祥：我自得其乐，你就不要胡思乱想了。

　　这样，识趣的张孝祥只得作罢。第二天一大早起来，惆怅万端的他因陈妙常昨晚给予留宿尼庵的方便，真诚地向她深致谢意。在离去时，他恋恋不舍地再次凝望了她一眼，便匆匆作别了。

　　岁月不居，过后不久，洛阳才子潘必正来到女贞观，在偶然的相遇中他和陈妙常一见钟情。于是他们今日相互赠词，明日唱和新诗，情投意合。这位"小神仙"在潘必正面前，再也过不下去那禅房中一炉烟、一张琴、"不卷帘"的日子了。

　　两人暂别后，兴致勃勃的潘必正遂把这件情事神秘地告诉了张孝祥。张开始时颇为朋友潘必正高兴，但他忽然又有些忧心忡忡起来。潘急忙询问这是为什么？张说，按照常规，读书人是不应该娶尼姑为妻的；不然，他将会受到国家法律的严厉惩处。说到这里，潘听着也不觉有些胆战心惊了，便连忙请张给他想办法。沉吟了一下，张便爽朗地大笑起来："办法有了！"

　　张就让潘向府衙投诉，说这尼姑陈妙常原就是他早已经聘定的未婚妻，由于他父母举家迁移的缘故，现在两人才邂逅。这样一来，官府的有关条文也就不能再阻拦他们成亲了。

　　第二天潘必正果然就按照张孝祥的指教执行。作为当地县官的张孝祥便把这好事做到底，当即判定潘、陈成为夫妇。潘必正与陈妙常喜出望外，成亲之日，请张孝祥上座，行大礼，感恩不尽。看到一对佳人终于走到一起，张孝祥开怀畅饮，直喝得酩酊大醉方才罢休。

2 赋佳作以谢恩人

踏莎行（二社良辰①）

陈尧佐

二社良辰，千秋庭院②。翩翩又见新来燕。凤凰巢稳许为邻，潇湘烟暝来何晚。　　乱入红楼，低飞绿岸。画梁时拂歌尘散。为谁归去为谁来？主人恩重珠帘卷。

注释

①二社：指春社与秋社，是祭祀社神（土地神）的节日。春社为立春后第五个戊日，秋社为立秋后第五个戊日。

②千秋庭院：一作"千家庭院"。

译文

在这美好的时节，庭院中燕子翩然归来，以凤凰为邻座之巢，可惜时间上稍稍晚了一些。心情舒畅的燕子纷飞，落入富贵之家，燕子栖于画梁，究竟是为谁飞来飞去呢？是因为庭院的主人对它施以厚恩呀。

背景故事

陈尧佐是阆州阆中（现在的四川省阆中）人氏，他在宋太宗端拱元年中进士。陈尧佐从小聪敏好学，善书法，他的字点画肥重，人称"堆墨书"。他曾做过魏县知县、中牟尉，后又任寿州知州和两浙转运副使。到了宋太宗天禧年间，黄河决堤，泛滥成灾，百姓苦不堪言。当时，陈尧佐任渭州知州，亲率民工上堤救护，并用木龙以杀水势，等水稍退后，又马上动员兵民修筑长堤，所以人们称这长堤为"陈公堤"。后来他到并州做官，又看到汾水河道淤塞，危害百姓，又亲自率人整治汾水，使它造福于民，因此百姓对陈尧佐非常感恩戴德。

仁宗皇祐年间，宰相吕夷简因自身年纪已大，要辞官回乡。仁宗遂垂问吕："爱卿退职后，您觉得宰相一职由谁担任最为合适？"吕严肃地回答："依微臣看来，陈尧佐具备宰相的才器。"仁宗听后，不觉也颔首赞同了。

一时间当上了这一人之下万人之上的宰相的陈尧佐，内心里着实感激老宰相吕夷简的举荐提拔之恩。陈自然知道，以前自己并没有为了向上爬而讨好过吕。而现在，吕却居然推荐自己担任这个被百官仰望着的要职，不用说，这就是自己人生中的非凡际遇了。而吕夷简呢，倒是还记得陈在担任枢密副使一职时，就曾对他的亲信，也就是时任祥符县令的陈诂开脱过罪责的好处。而且，目下朝廷中的人选他也是衡量过的，觉得没有人比陈尧佐担任宰相更为合适了，于是出于公心的吕便举荐了陈。

陈尧佐接到升迁的圣旨，真感到是喜从天降。于是对费尽心机推荐自己的吕公绰，感激万分。

怎样才能向吕公绰表达自己的万分感激之情呢？于是，陈尧佐提笔在手，以"燕"为题，写出了一首《踏莎行》词，并携带着好酒到老宰相的府第里去拜谢。就在二人饮酒攀谈时，陈尧佐使那些美丽动人的歌女唱起他这特意赋写的平生唯一一首词作。

吕夷简听到最后一句"为谁归去为谁来？主人恩重珠帘卷"时，便感到很是受用；他觉得自己的眼力不错，选了个知恩报德的人作为他的接班人，因而便颇为领情地一再点着头。

陈尧佐走马上任当了参知政事以后，果然不负众望，真如吕公绰在皇帝面前推荐他时所说的那样，稳把朝舵，尽心尽力地为国家、朝廷着想，切切实实地为人民做了一些有益处的事情，而他自己也一帆风顺地度过了自己的仕宦生涯。陈尧佐的这首词，为感谢宰相申国公吕夷简荐引其拜相之恩德而作。词中采用比兴、暗喻手法，以燕子自喻，寄寓了词人的感恩思想。词的起首三句，写环境，以燕子的翩然归来，喻朝廷的济济多士，同时也寄寓了词人对如同明媚春光的盛世的赞美与热爱，以及词人悠然自得的心情。"千秋"义，即秋千。燕子于寒食前后归来，而秋千正是寒食之戏。此亦暗点时令，与"二社"照应。"翩翩"，轻快。燕子一会儿飞向空中，一会儿贴近地面，自由之态可掬。句中的"又"字，说明燕子的翩然归来，非止一只，"新来"说己之初就任，语虽浅而意深，进一步歌颂朝廷的无量恩德。三、四两句暗喻吕夷简的退位让贤，并自谦依附得太晚。词人把这一层意思，表达得极为婉曲，令人觉得含蓄蕴藉而不直白、浮浅。"凤凰巢稳许为邻"，以凤凰形容邻座之巢，意在突出其华美与高贵。不说"占得"，而说"许为邻"，亦谦恭之意。"潇湘"谓燕子所来之处，当系虚指。"来何晚"三字，充满感情色彩。从语气上看，似为自责，其中大有"相从恨晚"之意。过片二句以象征、比拟手法，通过描写心情舒畅的燕子乱入红楼、低飞绿岸的意象，表达出词人当时的欢乐、畅适心境。"红楼"为富贵之家，"绿岸"为优美之境。"乱入"形容燕子的纷飞。下片第三句"画梁时拂歌尘散"，华堂歌管，是富贵人家常事，燕子栖于画梁，则梁尘亦可称作"歌尘"。此亦为居处之华贵作一点缀。结尾二句以"主人"喻吕夷简，以"燕"喻词人自身，委婉曲折地表达了感恩之情。"为谁归去为谁来",纯为口语,一句提问,引起读者充分注意,然后轻轻引出"主人恩重珠帘卷",悠然沁入人心,完成了作品的主题。这种代燕子立言以表示对主人感激的象征手法,收到了极好的艺术效果。

3 鹅湖之会

破阵子·为陈同甫赋壮词以寄①

辛弃疾

醉里挑灯看剑,梦回吹角连营②。八百里分麾下炙③,五十弦翻塞外声④,沙场秋点兵⑤。 马作的卢飞快⑥,弓如霹雳弦惊。了却君王天下事⑦,赢得生前身后名。可怜白发生⑧!

注释

①陈同甫:陈亮字同甫(同父),为人才气豪迈,议论风生,主张抗金,稼轩与之志同道合。

②吹角连营:各个军营里接连不断地响起了号角声。

③"八百里"句:八百里范围内的部队都分到熟牛肉吃,写北方起义军的军容。麾下,部下。炙,烤熟的肉。

④"五十"句:各种乐器奏出雄壮的歌曲。塞外声,指雄壮悲凉的军歌。翻,演奏。

⑤沙场秋点兵:秋天在战场上检阅军队。

⑥"马作"二句：写艰苦惊险的战争。作，如。的卢，额上有一块白毛的烈性快马。霹雳，雷声，以喻射箭时弓弦的响声。

⑦天下事：指收复中原，这是当时的天下大事。

⑧可怜白发生：可怜头发都白了，还不能实现平生的壮志。

译文

酒醉挑灯看剑触发报国雄心，迷梦中号角连营。战士们欢欣鼓舞，饱餐将军分给的烤牛肉；军中奏起振奋人心的战斗乐曲。秋高马壮之日，就是点兵出征之时。战马飞快如的卢，弓弦则似霹雳震响，冲锋豪气贯长虹。实现君王收复失地的心愿，赢得生前身后的功名。而现实却是——报国有心，请缨无路，只能沉痛地慨叹："可惜啊！我已年老长出了白发！"

背景故事

宋孝宗淳熙年间，本来在都城做官的辛弃疾由于力主抗金而被贬到江南。即使是这样，那些主张和金人讲和的人也没有忘记对他的迫害。不到十年的时间里，辛弃疾竟然被调动了十一次。由于受投降派的打击与排挤，自己闲居已经有五个年头了。最近几年来，许多旧友都先后离开了人世。人生都有一死，但这些老友们恢复中原的夙愿却没有实现，他们死不瞑目啊！主战派的人物逐渐凋零了，而自己已年过五十，仍闲居在家，不能为国家的统一贡献力量，怎能不使人感到寂寞，叫人悲痛愤懑呢！

暮色笼罩着原野，也笼罩着病室。家人点亮了蜡烛，在烛光下，挂在墙壁上的宝剑与雕弓，影子拉得长长的。

他感到一阵内疚：宝剑啊宝剑，我不能用你的锋刃杀敌，却让你白白地挂在墙上，真是对不起你啊！

"啊,好久没有张弓舞剑了,它们恐怕已落满灰尘了吧?"

这时,他的好友陈亮前来拜访,这让他感到心喜。

十年前,陈亮到京城临安参加进士考试,接连三次上书宋孝宗赵昚,竭力主张北伐。由于措辞激烈,触怒了当权的投降派,因此不但落第,其后还被人陷害坐了牢。

当时辛弃疾在朝里担任掌管刑狱的大理少卿,觉得陈亮有胆有识,便与他结成了朋友。他们志同道合,互相引为知己。

不久,陈亮回家乡去了,从此,两人除书信往来,再也没有见过面。五年前,陈亮给辛弃疾写信,打算在当年秋天来拜访,后因被诬下狱而未能成行。这次陈亮是从浙江东阳专程来江西探望辛弃疾的。初来时陈亮骑着马,快要到辛弃疾家门的时候要经过一小桥,马却怎么也不肯过,陈亮三次打马过桥,马却三次后退,陈亮不由大怒,下马拔出宝剑,用力一挥,马头应声落地,他推开马尸,徒步前行。辛弃疾正在倚楼远望,见状大惊,刚派家人出去打听,而陈亮已走进家门。虽然辛弃疾此时正在生病,但看到陈亮到来十分高兴。

陈亮抬头望了望弓和剑,说道:

"看来这弓和剑是长期挂在墙上不用的了?"

"是啊,我闲居以后,就再也不曾用过它们。"辛弃疾深情地望了望弓和剑。

说着,他走过去,把宝剑从墙上摘了下来,拔剑出鞘,捧到陈亮的面前。在烛光下,宝剑的锋刃闪着逼人的寒光。

长叹一声:"唉,老弟,可惜壮志未酬,却已两鬓生霜了!"

陈亮握住辛弃疾的双手,诚挚地说:

"老兄不必悲叹,咱俩都还年富力壮,只要丹心铁骨,至死不变,我想,咱们总会有机会来收拾这破碎山河的!"

远处传来了一声鸡啼，接着又是一声。陈亮站起身来，对辛弃疾笑着说道：

"晋代爱国志士祖逖和刘琨半夜闻鸡起舞，今夜咱俩的心情不也与他们两人相同吗？不要让你的宝剑总是闲着了，来，我来舞一会儿剑！"

辛弃疾兴奋地笑道：

"好，你为我舞剑，我为你唱一首悲壮的歌！"

陈亮从辛弃疾手中接过宝剑，翩翩起舞，辛弃疾则激动万分地唱起了一首《破阵子》：

醉里挑灯看剑，梦回吹角连营。八百里分麾下炙，五十弦翻塞外声，沙场秋点兵。　　马作的卢飞快，弓如霹雳弦惊。了却君王天下事，赢得生前身后名，可怜白发生！

次日，两人同游鹅湖，对酒当歌，共同议论当今朝政，共同商讨抗敌救国的大计，通过和陈亮的交谈辛弃疾感到从未有过的畅快。他们还到赣闽交界处的紫溪去拜访朱熹，试图将他争取到抗战派一边来。但朱熹却没有按时前去。陈亮在瓢泉逗留了十天，没有任何结果便离去了。这就是历史上有名的鹅湖之会，后来二人书来信往，彼此唱和。黑暗岁月中的战斗友谊不断鼓舞着两名爱国者的斗志。

开篇"醉里挑灯看剑"，突兀而起，刻画的正是一位落魄英雄的典型形象。这里有两物："灯"与"剑"，有两个动作："挑"与"看"，而总冠以"醉里"二字，使笔触由外在形象的刻画透入到主人公的内心世界。醉中入梦，梦醒犹觉连营号角声声在耳。以下承"吹角连营"，回忆梦中情景。

"八百里分麾下炙，五十弦翻塞外声"两句，从形、声两方面着笔，写奏乐啖肉的军营生活，有力地烘托出一种豪迈热烈的气氛。结句一个重笔点化"沙场秋点兵！"写得肃穆威严，展现出一位豪气满怀，临敌出征的将军形象。前两句描绘军营，用"分""翻"，重在热烈的动；最后一句刻画主帅，则如电影镜头运行中的一个突然定格，突出的是一种静的威力。动静相衬，摄人心魄。

下片紧承上文描绘战事。作者并不泛泛用笔，而是抓住了战场上最具典型特征的马和弓来写。"马作的卢飞快，弓如霹雳弦惊。"的卢是一种良马，相传刘备荆州遇难，所骑的卢"一跃三丈"，因而脱险。这就是三国故事中有名的"刘备跃马渡刿溪"。霹雳，是雷声，此喻射箭时的弓弦声。这里写马、写弓，全是侧面描写，意在衬托人的意气风发、英勇无畏。马快弓响固然仍从形声两方面着笔，但与上片豪壮凝重不同。这两句写得峻急明快，从气氛上向人们预示着战事的胜利。因此下面便直抒胸臆道："了却君王天下事，赢得生前身后名。"这是作战的目的，也是作者的理想。"了却"二字下得很好，人们通常说"了却心病一桩"，这两字正有这样的意思。现实无奈，终于在梦中"了却"了驱金复国这一夙愿，语中充满意气昂扬的欣慰之情。但梦境毕竟代替不了现实。词末一声浩叹凝聚着作者万千感慨"可怜白发生。"由梦境返回现实，情绪一落千丈。这一句与篇首失意英雄的形象遥为呼应，它一反梦境中的昂扬意气而出以凝重深沉，从而形成一个特大跌宕。

4 知音续佳作

浣溪沙

晏殊

一曲新词酒一杯，去年天气旧池台①。夕阳西下几时回？　无可奈何花落去,似曾相识燕归来,小园香径独徘徊②。

注释

①去年天气旧池台:意谓天气和池沼亭台都一如去年。
②香径:满是落花的小径。

译文

听一曲新填的词便饮酒一杯,天气和池塘台榭都与去年全然相同。眼望着红日西沉,不知它何日重新升腾。艳丽的花瓣纷纷飘落,内心的无奈能向何人诉说?似曾相识的燕子又飞回故巢,我在这落英缤纷的小径上独自徘徊。

背景故事

初春季节,江南已经是一片枝繁叶茂的景象。在扬州市西北蜀岗上的大明寺内,一位身着官服的长者正带着几个侍从在寺内游览。这位长者便是同平章事兼枢密使的当朝名臣晏殊。这次他因公事要去杭州,路过扬州,特地到唐代高僧鉴真曾居住和讲学的大明寺游览。他们一行人过牌楼,穿天王殿,进大雄宝殿。晏殊饶有兴致地瞻仰了三大佛、观音像及十八罗汉群像,然后来到东苑。只见粉壁上镶着一块块诗板,上面全是古今名士的诗作。晏殊让身旁的侍从大声朗读壁上的诗,并嘱咐从者不要说出诗人的名字。他自己闭着眼,慢慢地来回走动,侍从则不停地读着壁上诗。往往一首诗还未读完,晏殊就摇头叫停。壁上诗几乎读完,也没有一首称意的。这时侍从又读一首诗作:

水调隋宫曲,当年亦九成。

哀音已亡国，废沼尚留名。
仪凤终陈迹，鸣蛙只沸声。
凄凉不可问，落日下芜城。

这首诗刚读完，晏殊马上睁开眼显得十分兴奋地问："这首诗是哪位名家的佳作？"侍者答道："作者是江都县尉王琪。"晏殊十分高兴，马上派人把王琪召来，并和他一起吃午饭。吃完后他们又在寺旁的池塘边继续欣赏风景。这时忽然吹来一阵风，池边的桃花纷纷坠落水中。晏殊来了兴致，便对王琪说："我在空闲的时候喜欢吟诗作词，一有妙句便写下来贴在墙上。有时上句写下了，下句常常不知如何去写。"王琪听了便问："不知大人有何佳句至今还未对出下句来？"晏殊答道："比如'无可奈何花落去'，至今没有对出下一句。"王琪听罢，马上就对出了一句诗："似曾相识燕归来。"晏殊听了，大加赞赏，说："你真是我的知音啊！"于是寻一静室，唤下人备好文房四宝，立即书所作《浣溪沙》于纸上。

从此，晏殊和王琪成了好朋友，将他调至自己身旁。在空闲的时候，两人经常讨论诗词佳句，关系相处得非常好，晏殊称王琪是自己的知音。

这首经两人合作而完成的词作是抒写悼惜春残花落，好景不长的愁怀，又暗寓相思离别之情。语意十分蕴藉含蓄，通篇无一字正面表现思情别绪，读者却能从"去年天气旧池台"、"燕归来"、"独徘徊"等句，领略到作者对景物依旧、人事全非的暗示和深深的怨叹。词中"无可奈何花落去"一联工巧而流利，风韵天然，向称名句。

5 送友得佳句

卜算子·送鲍浩然之浙东①

王观

水是眼波②横，山是眉峰③聚。欲问行人去那边？眉眼盈盈④处。才始送春归，又送君归去。若到江南赶上春，千万和春住。

注释

①鲍浩然：作者朋友。之：到。浙东：浙江东部。
②眼波：比喻美人的眼神。
③眉峰：指耸起的眉毛。
④盈盈：美好相貌。

译文

绿水像是女子那横流的秋波，青山像是那蹙额的眉峰。探问远行人到哪里去，原来是要到那山明水秀的浙东去。才刚把春天送走，今天又把你相送。如果到江南还赶得上春天，千万同春天再住上一段，共度那美好的光景。

背景故事

王观生活在北宋时期，在当时是有名气的一位诗人。他曾官至翰林学士，后因所填的《清平乐》一词，被认为是冒犯了宋神宗而被罢官，于是他便更号为"王逐客"。

王观落拓不羁，生性诙谐、幽默。他有一位好朋友，名叫鲍浩然，是浙东人。

这位鲍浩然多年离家远游，此时思乡心切，在暮春三月的一天，前来向王观道别，说他要回到山明水秀的浙东家乡去了。王观见老朋友要走，便特意为他送行，在江边摆酒设宴，为鲍浩然饯行。

这是一次普通的分手，它既不是被贬谪，也不是去远行，而是回故乡与亲人团聚，所以此行没有"生离死别"的感慨。

离别的时刻到了，开船在即，只见江上水波粼粼，远处的山峰如黛。王观看着鲍浩然，游子归家，便想到他的妻子一定是日夜盼着丈夫早日归去。

于是，王观突然有了两句别有新意的词句：

水是眼波横，山是眉峰聚。

有了这两句佳句，使王观欢喜不已。这两句既是眼前之景，又是心中之情，他自以为这是能够"千古传诵"的好句子。

送走老朋友鲍浩然，王观心中一直不能忘的是他的意外收获，每每想到这两句"绝妙好词"，他都欣喜若狂。

当天夜里，他被这两句词激动的根本无法入眠，便在书房中反复吟诵，最后，终于写出了一首《卜算子》词。

放下笔，王观反复吟诵，自己不禁拍案叫绝。

此词一经传出，立刻引起轰动，人们争相传抄，很快远播千里。因为这是一首送别词，所以感情真挚，语言浅易，以新巧的构思和轻快的笔调，表达了送别惜春这一主题。上阕以眼波和眉峰来比喻水和山，灵动传神："水是眼波横，山是眉峰聚。"盈盈绿水似少女眼波流动，簇簇青山像少女攒聚的眉峰。"欲问行人去那边？眉眼盈盈处。"敢问远行的人到哪里去？到山清水秀风景优美的地方去。下阕送别惜春，寄予着对友人的深深祝福：

"才始送春归，又送君归去。"刚刚送走杨柳依依的春天，现在又要送您（鲍浩然）走了。

"若到江南赶上春,千万和春住。"如果日夜兼程,到(浙东)还能追赶上草长莺飞的江南春色,千万不要辜负那大好时光,一定要把春天留住。该词送友惜春,构思新颖,比喻巧妙。水是横着的脉脉含情的眼波,山是蹙皱着的眉峰。以眉眼盈盈喻山川之美,显得十分灵动。"若到江南赶上春,千万和春住。"惜春之情溢于言表,亦寓以对友人的祝福之意。语言俏皮,媚而不俗,在送别词作中独领风骚。

6 凭才艺进见太守

望海潮

柳永

东南形胜①,三吴都会②,钱塘自古繁华③。烟柳画桥,风帘翠幕④,参差十万人家⑤。云树绕堤沙⑥;怒涛卷霜雪⑦,天堑无涯⑧。市列珠玑⑨,户盈罗绮,竞豪奢。　重湖叠山献清嘉⑩,有三秋桂子,十里荷花。羌管弄晴,菱歌泛夜,嬉嬉钓叟莲娃。千骑拥高牙。乘醉听箫鼓,吟赏烟霞。异日图将好景,归去凤池夸。

注释

① 形胜:地理形势优越之处。
② 三吴:指吴兴郡、吴郡、会稽郡。
③ 钱塘:即今杭州市,旧属吴郡。

④风帘：挡风的帘子。翠幕：翠绿色的帷幕。

⑤参差：形容楼阁高低不齐。

⑥这句说高树环绕着沙石堤坝耸立着。

⑦霜雪：指雪白的浪花。

⑧天堑：天然的壕沟，指形势险要。旧称长江为天堑，这里借指钱塘江。无涯：说江面广阔。

⑨珠玑：泛指珠宝饰物。

⑩重湖：西湖以白堤为界，分里湖、外湖，故曰重湖。叠山巘：重叠的山峰。清嘉：清秀嘉丽。嘉，一作"佳"。

桂子：桂花。

羌管：羌笛。全句说晴天吹奏笛子。

这句说夜晚采菱的歌声飞扬。

钓叟：渔翁。莲娃：采莲姑娘。

骑：骑马的军士。千骑，泛指随从之多。高牙：高大的牙旗。这里指大官出行时的仪仗旗帜。

烟霞：指山水风景。

异日：他日。图将：画出来。

凤池：凤凰池，中书省的简称。这里代指朝廷。

译文

钱塘地处东南要冲，是吴越人口会聚的都市，自古以来多么繁华！看吧：城外湖边栽着含烟惹雾的垂杨，湖上跨着彩画装饰的廊桥；城里的住宅张设绿色的帷幕，窗上挂的竹帘多么高雅。楼阁高低不齐、层层叠叠，住着十万人家。那入云的高树，环绕着沙石的堤坝，奔腾的怒涛，卷起雪白的浪花。各家的绫罗绸缎很充实，市场上陈列的珠宝饰物多如麻。人们的生活，都追求奢侈豪华。那里外两湖，那重叠的山峰，秀丽得无以复加。秋天处处丹桂飘香，夏天的湖面上有绵延十里的荷花。晴天笛声悠扬，月夜菱歌清唱，这些来自欢乐的渔翁或是采莲的女娃。长官出巡时，成千的随从骑着高头大马，他们高擎军旗，声势多么浩大！公余趁着酒兴欣赏音乐，或是吟咏山水的清佳。最好把这美丽的景色绘成图画，将来带回朝廷去定会引起别人羡慕和矜夸。

背景故事

著名词人柳永跟孙何是少年朋友，但两人的境遇却大大不同：孙是威风八面的堂堂杭州太守，而柳则仍只是一名能写歌词的作家。尤其令柳感到难堪的是一个下人，柳曾几次要求他通报一下太守的故人来访，但他见柳穿着一身破烂的衣服，便冷笑一声："太守这时候没空见客，您就是去了也白搭！"就把柳给打发走了。回到住处，柳心中觉得窝囊之极，想当年自己跟孙太守可是哥儿们，而现在就是想见他一面都那么不容易。但若要说文学水平，自己却并不比太守大人逊色多少呀；可这世界就是只认得官位。对此，柳永越想便越发泄气了。

忽然他脑筋一转，想道：孙何爱好文艺，又礼贤下士，是一个好官，现在只不过是他手下那些人不给通报罢了。我原本就是擅长写词曲的，何不写首歌词进献给他？他一读我这词曲，定然会高兴接待我的。而且，说不准还能得到免费吃住呢。想到这里，柳便一跃身跳将起来。一首跟他平时只写给小歌女们浅吟低唱大不相同的词作，便在他的笔下一气呵成。便是这首带有豪迈气概而且也具有歌功颂德意味的《望海潮》词。

用尽铺张手法，写尽人间天堂之美景，一派繁华景象。虽不脱歌功颂德的俗套，但下笔点染时字字句句新鲜别致，另有一股清新气息，都说是美景如画，但这般景致恐怕是用天下丹青也描绘不出，不如搁笔而归，找一个"三秋桂子，十里荷花"之地小酌赏景，才不辜负这满目画图给足的美景。

写罢这词，柳永就去找歌女楚楚帮忙，真诚地说："我因拜访太守大人却没有门路，现在就仰仗您这美妙的歌喉了。事实上，您只要把我刚写的这词儿唱给他听，便可以了。届时他一定会欣赏并接见我的。"二话没说的楚楚就在宴会上婉转悠扬地唱起了柳永这首词曲。孙何一听，果然大为高兴，就问这么好的歌词究竟是谁写的，楚楚回答是柳永。孙当即命人邀请故人柳永参与府会。

柳永要求进见太守朋友的目的总算是达到了。

7 岳飞后人助辛弃疾改词

永遇乐（京口北固亭怀古①）

辛弃疾

千古江山，英雄无觅、孙仲谋处②。舞榭歌台，风流总被、雨打风吹去。斜阳草树，寻常巷陌③，人道寄奴曾住④。想当年，金戈铁马，气吞万里如虎⑤。

元嘉草草⑥，封狼居胥⑦，赢得仓皇北顾⑧。四十三年⑨，望中犹记、烽火扬州路⑩。可堪⑪回首，佛狸祠⑫下，一片神鸦社鼓⑬。凭谁问，廉颇⑭老矣，尚能饭否？

注释

①京口：古地名，宋代为镇江府，治所在今江苏省镇江市。北固亭：又

叫北顾亭、北固楼，在镇江市东北北固山上，北面临长江。

②孙仲谋：三国时吴主孙权，字仲谋。他曾在京口建都，赤壁大战中，大破曹操军队。

③寻常巷陌：平平常常的街巷。

④寄奴：南朝宋武帝刘裕，字德舆，小名寄奴。其先世为徐州人，后迁居京口，刘裕即在京口长大。

⑤"想当年"三句：晋安帝义熙中，刘裕曾两度率军北伐，先后灭掉南燕、后秦，收复洛阳、长安等地。气吞万里，意谓气概雄豪，足以横扫万里敌虏。

⑥元嘉：宋文帝刘义隆的年号，公元424年至453年。刘义隆是刘裕的儿子，继刘裕后为帝。

⑦封狼居胥：意谓有志北伐立功。刘义隆好大喜功，他未能正确分析当时敌我形势，仓促出军，结果大败而回。狼居胥，山名，在今内蒙古自治区中部。汉代大将霍去病曾追赶匈奴到狼居胥山，封山为界而还。

⑧赢得：落得。仓皇北顾：指宋文帝败归江南后，北望而流泪追悔。

⑨四十三年：作者于高宗绍兴三十二年（1162）来到南宋，至作此词时，恰为四十三年。

⑩烽火扬州路：当时扬州为南宋淮南东路的治所，辖今江苏北部、安徽东北部一带地区，是宋金前沿路份。

⑪可堪：哪堪，怎堪。

⑫佛狸祠：北魏太武帝拓跋焘小名佛狸。他打败王玄谟后，追击至长江北岸的瓜步山（在今江苏省六合区东南），并在此山建了一座行宫，后称此宫为佛狸祠。

⑬神鸦社鼓：吃庙食的乌鸦，祭神时所击的鼓声。此句言敌占区中一片热闹。

⑭ 廉颇：战国时赵国大将，曾为赵国立下无数功勋。

译文

千古以来江山依旧，然而像孙权那样的英雄豪杰，如今却已无处寻觅。当年繁华的歌楼舞榭，宴饮风流，都已经被历史的岁月冲刷得无踪无迹。那斜阳照射的荒草古树间，普通人家的街巷里，听说是宋武帝当年栖身之地。想当年他金戈铁马，挥师北伐，气吞山河，如猛虎下山般威猛无比。元嘉之中，文帝义隆草率出兵，企图像汉将霍去病一样横扫北狄，最终却落得大败而归，追悔莫及。想起四十三年之前，我曾率众南归，越过了烽火漫天的扬州边地。往事不堪回首，那瓜步山头的佛狸祠下，如今却是乌鸦啄食，社鼓频击，金贼在这里攘攘熙熙。有谁此时肯来问我，廉将军年事已高，饮食是否还能与当年相比？

背景故事

南宋宁宗时期，有一天在镇江知府辛弃疾的家里，正举行一场宴会，现场非常热闹，还不时传来一阵阵歌声。只见一位漂亮姑娘一边弹着琵琶，一边唱着这首《永遇乐》。

原来知府辛弃疾刚刚完成了一首自己颇为得意的词作——《永遇乐》(京口北固亭怀古)，他特地请来几位好友，一来让他们分享自己创作的喜悦，二来也想听听他们的意见，以便把这首《永遇乐》改得尽善尽美。辛弃疾对精忠报国的岳飞一向怀有仰慕之情，虽然岳飞已殉国多年，但他的孙子岳珂正值青春年少之时，才名素为辛弃疾所重，因此理所当然地在被邀之列。

一曲终了，辛弃疾觉得还不过瘾，命令歌妓再唱。只见他眯缝着眼睛，用筷子轻轻地在桌上打着节拍，他的头，乃至于身体也随着歌曲的节拍一前一后地摆动着，嘴里还在小声地哼唱……

一连唱了四五遍，他才让歌妓停下来。辛弃疾起身拿出自己词作的原稿，请在座的朋友提出修改意见。有人说："辛弃疾兄的词无人能比，是难得的佳作啊。"有人说："我们的才能有限，实在提不出什么更好的意见。"有人即使提出一点意见，也是附和而已。暮春之际的江南本就燥热，加之又喝了几杯酒，辛弃疾的脸上渗出滴滴汗珠，他一边使劲地扇着羽毛扇，一边四下里瞧着，期望有人能提出中肯的意见来，无奈来客大多奉承，没有真诚的意见。最后辛弃疾望着在座最年轻的客人岳珂，再三诚恳地请他提出批评意见。岳珂说："先生之作，脱去古今的俗套，真是前无古人，后无来者。小子何德何能，而敢在前辈面前妄加评论呢？但先生一定要学范仲淹以千金求取《严陵祠记》改一字，那么晚生心下尚有一点怀疑，不知当不当讲？"辛弃疾听了非常高兴，马上请岳珂坐到自己身边来，让他把话说完。岳珂说："先生大作上片豪视一世，但唯独首尾二腔警句有些相似；另外，新作用典故似乎也嫌多了些。"辛弃疾听了，非常高兴，对岳珂更加看重，亲自为他斟了一杯酒，表示谢意，并对大家说："后生可畏，他的话实在是切中作品的要害之处。"

从此辛弃疾专心地修改起来，每天在紧张的公务之余，他都要修改数十遍，好长时间过去了，他还在不停地修改。终于把这首新作修改得非常完美。使这首词成为自己的传世名作。

辛弃疾这首《永遇乐》的写作有着特定的创作背景。南宋时，主战派势力总居下风，因此，有很长一段时间，辛弃疾都在江西乡下赋闲，不得重用。后来，宰相韩侂胄用事，重新起用辛弃疾。但这位裙带宰相是有目的的，就是急于北伐，起用主战派，以期通过打败金兵而捞取政治资本，巩固在朝势力。精通兵法的辛弃疾深知战争绝非儿戏，一定要做到知己知彼，他派人去北方侦察后，认为战机未成熟，主张暂时不要草率行事。哪知，韩侂胄却猜疑他，贬之为镇江知府。北固亭是京口（镇江）名楼，登楼可望已属金国的长江以北的广大地区。可以想象，辛弃疾登楼之时，定有几多感慨存于心中，蓄积起来，吐之为词。

全词表达了词人坚决主张抗金，而又反对冒进轻敌的思想，抒发了对沦陷区人民的同情，揭露了南宋政治的腐败，亦流露出词人报国无门的苦闷。

这首词最大的艺术特色在于善用典故。

如孙权以区区江东之地，抗衡曹魏，开疆拓土，造成了三国鼎峙的局面。尽管斗转星移，沧桑屡变，歌台舞榭，遗迹沦湮，然而他的英雄业绩却是和千古江山相辉映的。刘裕是在贫寒、势单力薄的情况下逐渐壮大的。以京口为基地，削平了内乱，取代了东晋政权。他曾两度挥戈北伐，收复了黄河以南大片故土。这些振奋人心的历史事实，被形象地概括在"想当年，金戈铁马，气吞万里如虎"三句话里。英雄人物留给后人的印象是深刻的，因而"斜阳草树，寻常巷陌"，传说中他的故居遗迹，还能引起人们的瞻慕追怀。在这里，作者发的是思古之幽情，写的是现实的感慨。无论是孙权或刘裕，都是从百战中开创基业，建国东南的。这和南宋统治者苟且偷安于江左、忍气吞声的怯懦表现，是多么鲜明的对照！

如果说，词的上片借古意以抒今情，还比较轩豁呈露，那么，在下片里，作者通过典故所揭示的历史意义和现实感慨，就更加意深而味隐了。

"元嘉草草"三句，用古事影射现实，尖锐地提出一个历史教训。这是第一层。史称南朝宋文帝刘义隆曾三次北伐，都没有成功，特别是元嘉二十七年最后一次，失败得更惨。当时分据在北中国的元魏，并非无隙可乘；南北军事实力的对比，北方也并不占优势。倘能妥为筹划，虑而后动，虽未必能成就一番开天辟地的伟业，然而收复一部分河南旧地，则是完全可能的。无奈宋文帝急于求成，头脑发热，听不进老臣宿将的意见，轻启兵端。结果不仅没有得到预期的胜利，反而招致元魏拓跋焘大举南侵，弄得两淮残破，胡马饮江，国势一蹶而不振了。这一历史事实，对当前现实所提供的历史鉴戒，是发人深省的。辛弃疾是在语重心长地告诫南宋朝廷：要慎重啊！你看，元嘉北伐，由于草草从事，"封狼居胥"的壮举，只落四十三年后，重新经营恢复中原的事业，民心士气，都和四十三年前有所不同，当然要困难得多。"烽火扬州"和"佛狸祠下"的今昔对照所展示的历史图景，正唱出了稼轩四顾苍茫，百感交集，不堪回首忆当年的感慨心声。

"佛狸祠下，一片神鸦社鼓。"佛狸祠在这里是象征南侵者所留下的痕迹。四十三年过去了，当年扬州一带烽火漫天，留下了南侵者的足迹，这一切记忆犹新，而今佛狸祠下却是神鸦社鼓，一片安宁祥和景象，全无战斗气氛。辛弃疾感到不堪回首的是，隆兴和议以来，朝廷苟且偷安，放弃了多少北伐抗金的好时机，使得自己南归四十多年，而恢复中原的壮志无从实现。在这里，深沉的时代悲哀和个人身世的感慨交织在一起。

他曾向朝廷建议，应当把用兵大计委托给元老重臣，暗示以此自任，准备以垂暮之年，挑起这副重担；然而事情并不是所想象的那样，于是他就发出"凭谁问：廉颇老矣，尚能饭否"的慨叹，词意转入了最后一层。

他借古人为自己写照，形象饱满、鲜明，比拟贴切、逼真。稼轩选用这一典故有深刻的用意，那就是他把个人的政治遭遇放在当时宋金民族矛盾，以及南宋统治集团的内部矛盾的焦点上来抒发自己的感慨，赋予词中的形象以更丰富的内涵，从而深化了词的主题。

第五辑

婉约爱情篇

在历史的长河中，爱情贯穿了美和理想所及的任何角落，关于爱情，有人相信海枯石烂，天天是海誓山盟、夜夜是地久天长；在爱情最浓烈的时候离别，声声都是对时光无常、世事无常、前程无常的控诉；也有人说爱情是盛开的红玫瑰，是别离时的悲伤，是寂寞时的相思……宋词爱情卷讲述的就是一幕幕悲欢离合、生死相许的爱情故事，在词中体味古人情真意切的爱情故事吧。

1 历史学家的丰富情感

西江月（佳人）

司马光

宝髻松松挽就①，铅华淡淡妆成②。青烟翠雾罩轻盈③，飞絮游丝无定④。相见争如不见⑤，多情何似无情。笙歌散后酒初醒，深院月明人静。

注释

①宝髻：古代妇女发髻的一种。

②铅华：搽脸之粉；诗写虢国夫人"铅华淡淡妆成"朝见唐玄宗。

③轻盈：指佳人。

④游丝：飘动着的蛛丝。

⑤争如：怎如。

译文

松松地绾就了宝髻，淡淡地化了妆。青烟翠雾笼罩的轻盈身影就像飞絮和游丝一样，不知飘向何方。相见还不如不见，多情还比不上冷漠无情。笙歌散尽，酒后初醒，深院里，月明人静。

背景故事

　　这首词塑造了一个美丽多情的佳人形象，道出了在爱情问题上"相见争如不见，多情何似无情。"这很富哲理性的警句，给人以启迪。它表现了这个以撰修《资治通鉴》和反对新法而著名的史学家、政治家感情极为丰富的另一面。

　　司马光是我国历史上著名的史学家、政治家，他七岁时，言行持重如成人。喜听《左氏春秋》，常回去讲给家人听。稍能了解大意，就手不释卷，读书时甚至忘记饥渴寒暑。一天，一群小儿在园中嬉戏，一小孩爬上水缸，失足落入水中，众儿童都慌忙逃去，只有司马光搬起石头把缸砸破，使水淌出来，落水儿童得救。后来，有人将此事绘成图画，流传于汴洛一带。仁宗宝元初年，司马光中进士甲科，年龄刚二十岁，授奉礼郎。

　　仁宗初病，未立皇位继承人，天下为之担心而又不敢明言。谏官范镇首先建议选立皇子，司马光在并州得知也为此上疏，并给范镇写信希望他拼死力争。后司马光又当面对仁宗说："臣昔日通判并州时所上三章，愿陛下果断实施。"仁宗沉思良久，说："莫非是指选宗室子弟作为皇子之事吗？此乃忠臣之言，只是别人不敢提及罢了。"司马光说："臣议此事，自以为必死，想不到陛下能够开恩采纳。"仁宗说："这有何害，古今都有这种事。"退朝后，司马光因未得明确答复，再次上疏说："臣昔日所进之言，以为能很快实行，但至今未有消息。此必有小人说陛下正年富力强，何必做此不祥之事。小人无远虑，不过是欲在仓促之际，拥立与自己关系密切之人。'定策国老'、'门生天子'之祸，不可胜言。"仁宗大为感动，命把此疏交付中书省。司马光见到韩琦等人说："诸公不参与今日策立太子之事，他日宫中夜半传出片纸，说以某人为皇嗣，则天下谁还敢违抗。"韩琦等拱手说："敢不尽力。"不久，英宗被立为皇子。

后来神宗即位,提升司马光为翰林学士。司马光常患史籍繁多,君主难以遍读,遂编著《通志》八卷献给朝廷。神宗很喜欢,命他续编。并为其题名曰《资治通鉴》,并亲自为之作序,使司马光每日进读。

这本书花费了司马光几乎全部的精力和心血,他每天不分白天黑夜地写,常常顾不上吃饭和睡觉。他害怕自己睡得过了头,动手设计了一个圆木枕头,只要脑袋稍微一动,枕头就会滚到一边,把他惊醒。他把这个枕头叫做"警枕",意思是防止自己睡得过久。司马光这种刻苦做学问的态度一直被后人所称赞,"警枕"的故事也就成了一段历史佳话。

《资治通鉴》的编写历经了英宗、神宗两代皇帝,前后共用了19年的时间。它根据丰富的历史资料,论述了从公元前403年到公元959年共1362年的史实,按照事情发生的时间先后,编写了一部294卷的编年史(按年月日顺序记载历史的一种体裁)。这部书详细地介绍了各个朝代重大历史事件的发生和发展,各种政治、经济制度和文化状况,对一些重要历史人物的事迹和言语也作了记录。它是中国历史上一部伟大的著作,人们因此把司马光和写《史记》的汉朝史学家司马迁,合在一起叫做"两司马"。

司马光很耿直,在写书时也是这样。他在《资治通鉴》里面,不仅赞扬了每个皇帝做了好事的一面,也指出了他们残酷镇压老百姓、迷信荒唐的一面。这部书参考了300多种参考书,并且做了认真的考证,具有很高的历史资料价值。因此,后来的历史学家研究宋代以前的历史,都喜欢把《资治通鉴》拿来作参考。总之,这部300多万字的书是继汉朝司马迁的《史记》之后的一部杰出的通史,是我国文化遗产宝库里的一颗闪闪发光的明珠。

2 让苏轼赞赏的爱情词

卜算子（我住长江头）
李之仪

我住长江头，君住长江尾。日日思君不见君，共饮长江水。　此水几时休，此恨何时已①？只愿君心似我心，定不负相思意②。

注释

①已：完了，终结。
②相思意：彼此相思的爱恋之情。

译文

我住在长江的上游，你住在长江的下游，我们虽然共饮长江的水，我天天思念你却见不着你。我对你的思念就如这奔腾不息的东流水。这长江水什么时候能枯竭？我什么时候能见到你？只愿你的心跟我的心一样坚定，彼此不负相思的心意，也就够了。

背景故事

沧州李之仪，爱好填词，结交了当时词坛的许多名人，包括大文学家苏轼。

一天，苏轼来访，二人促膝谈词。李之仪对前人把词作为文人学士的樽前小唱颇不以为然，认为过去许多人的词无非是艳情闲愁、游子旅思，其中虽有不少佳作，但无论是优美、华丽的花间词，还是超逸绝伦的李煜词，都显得句琢字雕，不大为一般人所理解，不如乐府民歌那样淡雅朴素，意美味醇。

谈到这里，李之仪颇有感触地说："苏兄才高学深，定能以如椽大笔，一洗绮罗香泽之态，使词达到一个新的境界。"

苏轼听了，马上谦逊地说道："不敢！不敢！老兄过奖了！我只不过是纸上谈兵，无济于事啊！"

李之仪接着说："纸上谈兵不如画饼充饥，现在你我各填一首词，体会一下乐府民歌的淳厚风味，如何？"

苏轼摇摇头说："今天我因事烦恼，思路闭塞，怎么能写得出呢！"

"莫非'剪不断，理还乱，是离愁'？"李之仪笑着问道。当时苏轼遭贬，远离亲人，心头确实充满思乡之苦与离亲之愁。

过了一会儿，李之仪对苏轼说："苏兄思路闭塞，我来填一首。不过，要请你举一首民间词为例，让我模仿它的格调来写，这总该不成问题吧？"

苏轼想了想，便连声说："好！好！"接着便举一首民间无名氏的词为例，词中用六件不可能发生的事来比喻，表明主人公绝不分离的决心。这首词语言率直，态度坚决，反映了青年男女之间深厚的情谊，体现了民歌坦率而刚健的风格。

李之仪听完，说道："这不是写男女之情的词吗？"

苏轼说："是的！只要写得好，男女情爱怎么就不能写！"

李之仪略加思索说道："好，我就写一首男女情爱的词。"

说罢，他提笔写了上面这首《卜算子》词。

词一写完，苏轼竟看呆了，过了一会儿，他才说道："好！好一个'只愿君心似我心，定不负相思意'！"

这首词为我们刻画了一个怀春女子的形象，上片描绘这个女子面江而思,下片表现这个女子内心的愿望。上片以长江起兴。开头两句,一句说"我",一句说"君",一住江头,一住江尾,既显空间距之远,又蕴相思情之长。词的三、四两句,是从前两句自然引出的。江头江尾的万里遥隔,当然就天天望江水,"日日思君"来,而"不见君"又是非常自然的了,山水阻隔的路又岂是那么容易跨越的?词人这里所指的"江水"也许是一种隐晦,男女主人公也可能并不是阻于山水,而是被其他的因素所阻,如父母的反对,身份地位的不相称,家族势力或世仇等等。虽然彼此不相见但想到同住长江之滨,"共饮长江水",女主人公的内心又感到了一点安慰。这"共饮"一词,反映了人物感情的波澜起伏,使词情分外深婉含蕴。

下片以"此水几时休"呼应上片的"长江头"、"长江尾"、"长江水"、"此恨何时已"呼应上片的"思君"的句子,用"几时休"表明主观上祈望恨之能已,"何时已"又暗透客观上恨之无已。江水永无休止之日,自己的相思隔离之恨也永无消止之时。"只愿君心似我心,定不负相思意",恨之无已,正缘爱之深挚。"我心"既是江水不竭,相思无已,自然也就希望"君心似我心",定不负我相思之意。"江"的阻隔虽不能飞越,"共饮长江水"的两颗挚爱的心灵却能一脉遥通。这样一来,单方面的相思便变为对对方的期许,无限的别恨便化为永恒的相爱与期待。这样,阻隔的心灵便得到了永久的滋润与慰藉。从"此恨何时已"翻出"定不负相思意",是感情的深化与升华,也是一种理智的反思和顿悟。全词以长江水为抒情线索。悠悠长江水,既是双方万里阻隔的天然障碍,又是一脉相通、遥寄情思的天然载体;既是悠悠相思、无穷别恨的触发物与象征,又是双方永恒相爱与期待的见证。

3 天涯何处无芳草

蝶恋花

苏轼

花褪残红①青杏小。燕子飞时,绿水人家绕。枝上柳绵②吹又少,天涯何处无芳草③! 墙里秋千墙外道。墙外行人,墙里佳人笑④。笑渐不闻声渐悄,多情却被无情恼⑤。

注释

①花褪残红:残花凋谢。

②柳绵:柳絮。

③"天涯"句:指芳草长到了天边,春天已经完结了。

④这句说,墙外行人已渐渐听不到墙里荡秋千的女子的欢声笑语了。

⑤多情:指墙外行人。无情:指墙里女子。女子之笑,本出于无心。行人听见墙里女子笑声之后,枉自多情。恼:引起烦恼。

译文

红色的花朵已经凋落得没有了,小小的青杏长了出来。燕子向南飞来时,绿水已涨得满满的环绕着人家的屋舍。枝上的柳絮在春风中吹得越来越少,茂盛的芳草长得到处都是,哪个地方没有呢!墙里的姑娘们在荡秋千,墙外有一条大路。大路上走来的行人,听到墙里姑娘们在笑语喧哗。笑声渐渐消失,她们都走开了。多情的行人这时却被她们的笑声弄得很是烦恼。

背景故事

苏东坡在杭州做通判的时候，39岁的他收了一个12岁的名叫王朝云的歌女在自己的身边做侍女。

一晃几年过去了，王朝云到18岁时长成了一个漂亮、聪颖而又能干的大姑娘。这时苏东坡已被贬到黄州来，也就是在这一年，苏东坡正式纳王朝云为妾。就是这位王朝云，竟成了苏东坡晚年遭贬岭南惠州时的生命支柱。

王朝云不仅是苏东坡的妾，更是他的一位知己。

王朝云侍候在苏东坡的左右，使他颠沛流离的生活有了一丝的慰藉。

到了宋哲宗元丰六年(1083)九月二十七日，王朝云为苏东坡生下了第四个儿子，取小名为干儿，这使得苏东坡全家上下十分欢喜。

不幸的是到了第二年的三月，苏东坡被迁移汝州(现在的河南临安)，乘船至九江的途中，干儿因劳困过度于七月二十八日在金陵夭折。在万分悲痛之中，苏东坡写了两首悼儿诗，表现了他对干儿的怀念和对王朝云的深挚情感。

苏东坡十分疼爱王朝云，因为王朝云是他的知己。

那是宋哲宗元祐初年，苏东坡因旧党宰相司马光要尽废新法，而与之争论后，被旧党的投机分子排挤到杭州做太守，这使得苏东坡闷闷不乐。

有一天，吃过饭他在房中抚摸着肚子来回走动，便回头对侍女们问：

"你们说说看，我这肚皮中都有什么东西？"

一位侍女抢着回答说：

"学士的肚皮里全是文章！"

苏东坡听后摇了摇头。

接着又一个侍女对苏东坡说：

"您满腹经纶，都是巧妙机关！"

苏东坡也认为不妥。

最后轮到王朝云来回答了，于是王朝云从容不迫地答道：

"我看你呀，是一肚皮的不合时宜。"

苏东坡立即捧腹大笑，认为只有王朝云最能理解他的心情。

宋哲宗绍圣元年，苏东坡已是59岁了，这一年，他因为性格耿直，又被重新掌握政权的新党贬到南边最荒凉的广东惠州。

当时，苏东坡有许多小妾，但看到他又被贬到几乎是荒无人烟之地，众妾都相继离去。唯独王朝云，她不怕那里的蛮烟瘴雨，坚决追随苏东坡作万里远行，忠心陪伴年老体衰的苏东坡度过穷极困窘的流亡生活。

在惠州，王朝云作为一名歌手，经常为苏东坡演唱诗词，以抚慰苏东坡难以排遣的满腹忧愁，宽慰他的愁肠。

这时的苏东坡身体还能适应环境，而王朝云却因水土不服，身体日渐不支。这里的自然条件虽然很差，但却少了许多官场的应酬，也就少了许多烦恼。于是，苏东坡的心境也渐渐好起来。闲暇，王朝云便在苏东坡的熏陶下开始读书习字，并且颇有成就，她又跟当地的比丘尼学佛，诵读佛经，也略知佛理。除此之外，她就陪着苏东坡聊天。

有一次，苏东坡与王朝云闲坐，苏东坡想起自己遭到不幸，许多亲朋好友相继离散，而只有王朝云陪伴。在来惠州之前，苏东坡曾劝王朝云回乡。因为惠州偏远落后，生活艰苦，而王朝云家在杭州，两地相距遥遥千里，如果随他到了惠州，回趟娘家都十分不易。但王朝云却无论如何也舍不得苏东坡，她对苏东坡劝她回乡很是生气。

苏东坡反复思量，不禁感慨起来，于是铺纸挥毫，写下了一首《蝶恋花》词。

这首《蝶恋花》词，上半阕写对春天的伤感；下半阕写一位街上的行人听到墙里边女子荡着秋千说笑的声音，而女子并不知道墙外已有人注意她们。此即所谓"多情却被无情恼"。其实这首词寄寓了苏东坡仕途的失意，以及怀才不遇的恼恨之情。

苏东坡写完这首词，便让王朝云温酒来喝，并叫她唱一曲自己新写的这首《蝶恋花》。

朝云顿开歌喉将要唱时，眼泪簌簌地落满了衣襟。苏轼问她是什么缘故，她说："我是不能唱'枝上柳绵吹又少，天涯何处无芳草'这两句啊！"

苏轼立刻领会了，抑制住凄凉的情绪，大笑着说："啊，我正在悲秋，而你又在伤春啦！"于是便不叫她唱了。

王朝云非常喜欢"枝上柳绵吹又少，天涯何处无芳草"，每每唱到这两句，她都泪湿衣襟。

王朝云的身体越来越差了，她在家平日不是熬药就是念经。

但是，草药和佛法都没能挽救王朝云的生命，到了宋哲宗绍圣三年七月十五日，她随苏东坡来到惠州还不到两年，便在颠沛流离中死去了，死时年仅34岁。她在临死时还念着"枝上柳绵吹又少，天涯何处无芳草"这两句词。

对于王朝云的死，苏东坡真是悲痛欲绝，苏轼因她生前对自己体贴周到，毫无怨言地跟着他贬官各地，最后不幸病死，当然非常伤心。从此以后，他就不再听人唱这首词了。

这首词是一首感叹春光流逝、佳人难见的小词，词人的失意情怀和旷达的人生态度于此亦隐隐透出。首句"花褪残红青杏小"，既点明春夏之交的时令，也揭示出了春花殆尽、青杏始生的自然景象。"燕子"二句，既交代了地点，也描绘出这户人家所处的环境。空中轻燕斜飞，舍外绿水环绕，何等幽美安详！"枝上"二句，先抑后扬，在细腻的景色描写中传达出词人深挚旷达的情怀。柳絮漫天，芳草无际，最易撩人愁思，一"又"字，见得谪居此地已非一载矣。"天涯何处无芳草"，表面似乎只是说天涯到处皆长满茂盛的芳草，春色无边，实则是说只要随遇而安，哪里不可以安家呢？"墙里秋千"三句，用白描手法，叙写行人（自己）在"人家"墙外的小路上徘徊张望，只看到了露出墙头的秋千架，墙里传来女子荡秋千时的阵阵笑声。词人至此才点出自己的身份是个"行人"，固然是指当下自己是这"绿水人家"墙外的过路人，诗人爱慕佳人，可是墙里的佳人不理睬他。"天涯"如果是隐指惠州远在天涯海角，则此处的与佳人一墙之隔而莫通款愫，不也是咫尺天涯吗？尾二句是对佳人离去的自我解嘲。

4 牛郎与织女的爱情典故

鹊桥仙

秦观

纤云①弄巧，飞星②传恨，银汉③迢迢④暗度⑤。金风玉露⑥一相逢，便胜却人间无数。　柔情似水，佳期如梦，忍顾⑦鹊桥归路。两情若是久长时，又岂在朝朝暮暮⑧。

注释

①纤云：纤薄的云彩。弄巧：指云彩在空中幻化成各种巧妙的花样。

②飞星：流星。一说指牵牛、织女二星。

③银汉：银河。

④迢迢：遥远的样子。

⑤暗度：悄悄渡过。

⑥金风玉露：指秋风白露。

⑦忍顾：怎忍回视。

⑧朝朝暮暮：指朝夕相聚。

译文

纤细的彩云在卖弄她的聪明才智，精巧的双手编织出绚丽的图案；隔着银河的牛郎织女在等待着相见，暗暗传递着长期分别的愁怨。银河啊，尽管你迢迢万里邈无边际，今夜，他们踏着鹊桥在银河边会面。金色的秋风，珍珠般的甘露，一旦闪电似的相互撞击便也会情意绵绵：哪怕每年只有这可怜的一次，也抵得上人间的千遍万遍！摄魂夺魄的蜜意柔情，秋水般澄澈，长河般滔滔不绝；千盼万盼盼来这难得的佳期，火一般炽热却又梦一般空幻。啊，怎能忍心回头把归路偷看——真希望喜鹊搭成的长桥又长又远。只要两个人心心相印——太阳般长久，宇宙般无限；尽管一年一度相聚，也胜过那朝朝欢会、夜夜相伴。

背景故事

这首词描写的是牛郎与织女的故事。传说在很久以前，在大山深处住着一户人家，老人们都死了，家里只剩下兄弟俩。老大娶了媳妇，这媳妇心肠狠毒，总想把老二排挤出去，而独占老人留下的家业。她找了个借口，要和老二分家。老二是个有骨气的人，说分家就分家，什么家产也没要只要了父母留下的那头老黄牛，嫂嫂很高兴。于是，第二天，老二就赶着牛离开了家。

走到一座山下，天色已经很晚了。老二想，干脆就在这住下吧。他砍了好多树枝，在山坡搭了个棚子，就和老黄牛在这儿落户了，他和老黄牛相依为命，靠种地养活自己，于是大家给他起了个名字叫他"牛郎"。

说来也奇怪，老黄牛在一天夜里给牛郎托了个梦，梦里对牛郎说："到明天午时三刻，我要回天庭去了。我走之后，你把我的皮剥下来，等到七月七日那天，把它披在身上，你就能够上天了。王母娘娘有七个女儿，那天她们都会到天河里去洗澡。记住，那个穿绿衣裳的仙女就是你的妻子。你千万不要让她们看见你，等她们都到了水里，你抱了绿色的衣裳就往回跑，她一定会去追你。只要你回了家，她就不会走了。"

牛郎醒来果然看见老黄牛死了，十分伤心，他按照梦里的嘱托剥下牛皮，把牛的尸体掩埋起来。

七月初七那天，牛郎按照老黄牛在梦里的说法来到天河边，果然看见七仙女们在天河沐浴。他抓起绿色的衣服，一口气跑回家。那个穿绿衣的仙女也跟着追到了他家。绿衣仙女是王母娘娘的第三个女儿，她看到牛郎虽然家里很贫困，却心地很好，也很勤劳，就决定留下来和他一起生活。因为她织布的技术很好，就每天织布，大家也给她起了个名字叫她"织女"。牛郎和织女一个种地，一个织布，过着幸福的生活。几年以后，他们有了一对儿女。

不幸的事情发生了，天上的王母娘娘知道了这件事情，非常气愤，就趁牛郎不在把织女抓走了。牛郎回家不见了妻子，就知道是王母娘娘来过了。他立刻把儿女装进篮筐，挑上担子，披上牛皮追上天去。眼看就要追上了，王母娘娘转过身，用头上的簪子在身后一划，划出了一条大河，牛郎和孩子无法过去了。一家人隔着天河痛哭流涕。

愤怒的王母娘娘看到这种场面，心也软了，决定成全他们，就准许他们每年七月初七见一次面。据说到了那一天，所有的喜鹊都会衔来树枝，帮他们在天河上搭起一座桥，牛郎和织女就在"鹊桥"上相会。

"七夕节"就是这么来的。现在在中国的一些地方，还保留着女孩在"七夕"那天祭花神"乞巧"的习俗，希望天神能够让她们找到如意郎君。

秦观的这首《鹊桥仙》正是为咏牛郎、织女的爱情故事而创作的。

上片写佳期相会的盛况,下片则是写依依惜别之情。这首词将抒情、写景、议论融为一体。否定了朝欢暮乐的庸俗生活,歌颂了天长地久的忠贞爱情。

上片以"金风玉露一相逢,便胜却人间无数"抒发感慨,下片词人将意思更进一层,道出了"两情若是久长时,又岂在朝朝暮暮"的爱情真谛。此词熔写景、抒情与议论于一炉,叙写牵牛、织女二星相爱的神话故事,赋予这对仙侣浓郁的人情味,讴歌了真挚、细腻、纯洁、坚贞的爱情。词中明写天上双星,暗写人间情侣;其抒情,以乐景写哀,以哀景写乐,倍增其哀乐,读来荡气回肠,感人肺腑。

尤其是词的最后经典的两句:"两情若是久长时,又岂在朝朝暮暮!"这两句词揭示了爱情的真谛:爱情要经得起长久分离的考验,只要能彼此真诚相爱,即使终年天各一方,也比朝夕相伴的庸俗情趣可贵得多。这两句感情色彩很浓的议论,与上片的议论遥相呼应,这样上、下片同样结构,叙事和议论相间,从而形成全篇连绵起伏的情致。这种正确的恋爱观,这种高尚的精神境界,远远超过了古代同类作品,是十分难能可贵的。

5 自古多情伤离别

玉楼春

欧阳修

尊前拟把归期说①,未语春容先惨咽②。人生自是有情痴③,此恨不关风与月④。　离歌且莫翻新阕⑤，一曲能教肠寸结。直须看尽洛城花⑥，始共春风容易别。

注释

①尊前：筵席上。尊，同樽，酒杯。
②春容：青春的容貌。
③有情痴：因情感丰富而做出俗人以为是发痴的行为。
④风与月：这里是风辰月夜或风花雪月的意思。
⑤翻新阕：另谱新曲。
⑥直须：应当。

译文

筵席上，我原打算把归期对你说，不料话未出口，你那青春的容貌，已是先自惨淡呜咽。人生本是痴情种，这种感情，并不关风花雪月。在这离别的筵席上，千万不要再谱唱新曲了，随便一支什么歌曲，都能叫人愁肠欲断。应当把洛阳城的牡丹花尽情地欣赏个够，才容易同洛阳的春风话别。

背景故事

这首词是作者在离开洛阳的筵席上，面对和他深情相爱的女子抒发的一种对人生感情的看法，在委婉的抒情中表达了人生的哲理。人生有悲欢离合，"有情痴"往往为此而忘情，做出一些看上去不合情理的"傻事"，这正是人有丰富的感情所致，和自然界的风花雪月是没有关系的。

据说，这位风尘女子与欧阳修的相识十分偶然。那是在一位朋友的欢宴上，那位朋友请来这位女子在宴席上唱曲。婉转的歌喉，动人的姿容，特别是那一低首、一颦眉的娇羞，再加上不幸的身世，很使欧阳修动心。

随后，欧阳修便与这位女子有了交往。公务之余，欧阳修多次约她在府中为他轻歌曼舞，也经常带她去赴朋友的宴会。几年的交往，使他们感情日笃。此时，他们要离别了，欧阳修要动身到别处去。在送别的宴会上，欧阳修心里十分明白，这一次离开洛阳，不知道什么时候才能再回来，说不定这就是最后的分手了。

但是为了安慰这位女子，欧阳修忍着别离之苦，仍然虚构了一个回来的日期，以免她过分地悲伤。不料这话还没有说出口，那位女子早已猜出了他的心思。看着她那凄惨的、说不出话的表情，分明已知道这是最后的一面，欧阳修只好把要说的假话咽了回去。

此时的欧阳修虽是条汉子，但也是愁肠百结。人生难得几知己，特别是自己为官多年，官场的险恶，仕途上的风雨，已令他身心交瘁，新朋旧友离去的离去，谢世的谢世，现在就这么一位红颜知己也要分别了。

自古以来就是这样，生离死别最苦也。再说些什么呢？欧阳修最后的话，也许能减轻那位女子的痛苦，他说："我们相处这段时间，情投意合，这正如把洛阳城里城外的牡丹都观够赏足了，人也就容易与洛阳的春风分手了。"

说罢，他恋恋不舍地起身而去。

这首词开端的"尊前拟把归期说，未语春容先惨咽"两句，是对眼前情事的直接叙写，同时在其遣词造句的选择与结构之间，词中又显示出了一种独具的意境。"尊前"，原该是何等欢乐的场合，"春容"又该是何等美丽的人物，而在"尊前"所要述说的却是指向离别的"归期"，于是"尊前"的欢乐与"春容"的美丽，乃一变而为伤心的"惨咽"了。在这种转变与对比之中，隐然见出欧公对美好事物之爱赏与对人世无常之悲慨二种情绪以及两相对比之中所形成的一种张力。在"归期说"之前，所用的乃是"拟把"两个字；而在"春容"、"惨咽"之前，所用的则是"未语"两个字。此词表面虽似乎是重复，然而其间却实在含有两个不同的层次，"拟把"仍只是心中之想,而"未语"则已是张口欲言之际。二句连言,反而更可见出对于指向离别的"归期",有多少不忍念及和不忍道出的婉转的深情。

  至于下面二句"人生自是有情痴,此恨不关风与月",是对眼前情事的一种理念上的反省和思考,而如此也就把对于眼前一件情事的感受,推广到了对于整个人世的认知。此二句虽是理念上的思索和反省,但事实上却是透过了理念才更见出深情之难解。而此种情痴则又正与首二句所写的"尊前"、"未语"的使人悲戚呜咽之离情暗相呼应。所以下片开端乃曰"离歌且莫翻新阕,一曲能教肠寸结",再由理念中的情痴重新返回到上片的樽前话别的情事。末二句却突然扬起,写出了"直须看尽洛城花,始共春风容易别"的遣玩的豪兴。在这二句中,他不仅要把"洛城花"完全"看尽",表现了一种遣玩的意兴,而且他所用的"直须"和"始共"等口吻也极为豪宕有力。然而"洛城花"却毕竟有"尽","春风"也毕竟要"别",因此在豪宕之中又实在隐含了沉重的悲慨。

6 赋佳词赠别夫君

一剪梅
李清照

  红藕香残玉簟秋[①]。轻解罗裳,独上兰舟[②]。云中谁寄锦书来[③]?雁字回时[④],月满西楼。　花自飘零水自流。一种相思,两处闲愁。此情无计可消除，才下眉头，却上心头⑤。

注释

①红藕：红色的荷花。玉簟：光滑如玉的竹席。簟，席的美称。
②兰舟：即木兰舟，舟的美称。
③锦书：来源于前秦苏若兰织锦回文诗，书信的美称。
④雁字：秋天大雁群在高空飞行，常结阵排成"一"字或"人"字。回：秋天雁回，相传雁能传书。
⑤末三句出自范仲淹《御街行》："都来此事，眉间心上，无计相回避。"

译文

初秋天气，荷花已经凋残，竹席已觉冰凉，换了单薄的罗裳，独上兰舟。翘首巴望云中会飘下书信来，可是只见雁群列队而过。圆月把皎洁的月光洒满西楼，让人倍感孤寂和惆怅。落花随水漂流，丈夫不在身边，彼此共同的思念，却分作两地的烦恼。这种愁情无法排遣，刚从紧蹙的眉头上消除，反倒又袭上心头。

背景故事

李清照，号易安居士，济南章丘人，宋代杰出的女词人。李清照生于书香门第，父亲李格非精通经史，长于散文，母亲王氏也知书能文。在家庭的熏陶下，她小小年纪便文采出众。李清照对诗、词、散文、书法、绘画、音乐，无不通晓，而以词的成就为最高。李清照的词委婉、清新，感情真挚。李清照的文学创作具有鲜明独特的艺术风格，居婉约派之首，对后世影响较大，在词坛中独树一帜，称为易安体。

那年夏天，在池塘边，柳树下，新婚不久的学者赵明诚，正在与心爱的妻子李清照话别。

这时，李清照把一块叠好的锦帕塞到赵明诚的衣袋里，悄声地说：

"如果想我了，就拿出来看一看吧。"

赵明诚收好锦帕，依依不舍地与爱妻分别，慢慢上路了。

赵明诚少年时便博学多才，风流倜傥，颇得妙龄少女们的青睐。但他却没有把那些漂亮的大家闺秀、小家碧玉看在眼里，一心想找一位才女做自己的妻子。

说来还有一个十分有趣的故事，那次他梦见自己读到了一部十分奇异的书，当他醒来后只记住了书中的三句话：

"言与司合，安上已脱，芝芙草拔。"

赵明诚怎么也想不出其中的奥妙，便请父亲为自己解梦。赵明诚的父亲见多识广，博学多艺，于是为他解梦说：

"'言'与'司'合起来是个'词'字，'安上已脱'是'女'字，'芝芙草拔'就是把这两个字的草字头去掉，是'之夫'二字，把这几个字合起来，就是'词女之夫'，这就表明你将来要娶个善于文辞的妻子啊！"

没过几年，赵明诚果然娶了一位不同凡响的女子，她就是我国历史上杰出的女词人李清照。

李清照自从与赵明诚结婚之后，夫妻恩爱，生活得非常美好，但美中不足的是，婚后的赵明诚经常外出，这让婚后的李清照增加了许多孤独之苦，尤其是分别之后独守空房的李清照，对离别之后的相思之愁、思念之苦，有着极为深刻的体会。

这次赵明诚外出求学，两人不知又要何时才能相聚。

却说赵明诚与李清照分别后，心里也是挂念不已，他想起李清照曾在自己的衣袋里放进一块锦帕，便马上拿出来观看。他一看，原来锦帕上写着一首《一剪梅》词，他认得这是妻子李清照的笔迹，便细细地读了起来。

赵明诚读后大喜，连连称赞爱妻的才学之高远在自己之上。

就是带着这块锦帕，由这首《一剪梅》词陪伴着，赵明诚完成了学业，走上仕途，一直到他去世时，仍把它珍藏在身边。

李清照的这首《一剪梅》是一首倾诉相思、别愁之苦的词。"红藕香残玉簟秋"，首句词人描述与夫君别后，目睹池塘中的荷花色香俱残，回房欹靠竹席，颇有凉意，原来秋天已至。词人不经意地道出自己滞后的节令意识，实是写出了她自夫君走后，神不守舍，对环境变化浑然无觉的情形。"红藕香残"的意境，"玉簟"的凉意，也衬托出女词人的冷清与孤寂。此外，首句的语淡情深，如浑然天成，不经意道来。"独上兰舟"，不仅无法消除相思之苦，反更显怅惘和忧郁。"云中谁寄锦书来？雁字回时，月满西楼。"女词人独坐舟中，多么希望此刻有雁阵南翔，捎回夫君的书信。而"月满西楼"，则当理解为他日夫妻相聚之时，临窗望月，共话彼此相思之情。另外，"月满"也蕴含夫妻团圆之意。这三句，女词人的思维与想象大大超越现实，与首句恰形成鲜明对照。表明了词人的相思之深。下片"花自飘零水自流"，词人的思绪又由想象回到现实，并照应上片首句的句意。眼前的景象是落花飘零，流水自去。由盼望书信的到来，到眼前的抒写流水落花，词人无可奈何的伤感油然而生，尤其是两个"自"字的运用，更表露了词人对现状的无奈。"一种相思，两处闲愁"，句写词人自己思念丈夫赵明诚，也设想赵明诚同样在思念自己。末三句，"此情无计可消除，才下眉头，却上心头。"词人以逼近口语的词句，描述自己不仅无法暂时排遣相思之情，反而陷入更深的思念境地。两个副词"才"、"却"的使用，很真切形象地表现了词人挥之不去、无计可消除的相思之情。

7 因词与爱妾同行

凤箫吟（锁离愁）
韩缜

锁离愁，连绵无际，来时陌上初熏①。绣帷人念远②，暗垂珠露，泣送征轮③。长行长在眼④，更重重、远水孤云。但望极楼高，尽日目断王孙⑤。

销魂，池塘别后，曾行处，绿妒轻裙⑥。恁时携素手⑦，乱花飞絮里，缓步香茵⑧。朱颜空自改，向年年、芳意长新。遍绿野、嬉游醉眼，莫负青春。

注释

①陌：古人称南北小路为阡，东西小路为陌。陌上，泛指小径。初熏：谓田间的花草开始散发出清香。熏，通"薰"，香气。

②绣帷：锦绣的帷幔。此处指女子所居的闺房。

③征轮：出行人的车轮。代指人远行。

④长行：远行。长在眼：久久地映在眼中。意谓目送行人，不愿心上人的影子消失在眼帘之中。

⑤目断王孙：指目送离去的人，直到望不见为止。王孙，对贵族子弟的通称。

⑥绿妒轻裙：谓女子款款而行，轻拂的裙子令青草产生妒意。

⑦恁时：那时。恁（rèn 认），唐宋时的俗语。素手：少女白嫩的手。

⑧香茵：芳香的草地。

译文

锁住那别恨离愁，眼望这连绵无际的芳草，我来时才刚刚生芽。锦帐中她为我将远行暗自垂泪，哽哽咽咽地为我送行。不论我走出多远，我的影子总像在她的眼中，无奈那重重高山，迢迢绿水，片片白云，终于将她的视野拦截。她执意地登高远眺，然而望穿双眼，也无法再见到我的身影。此情此景，真让人魂销心裂。想当年池塘边与她同游，她曾经走过的地方罗裙轻摆，竟使得碧草都产生了妒意。那时我挽着她白嫩的手，在落英缤纷、柳絮蒙蒙之中，信步徜徉在如茵的绿草地。年华最是难留住，空对着年年春去春来，芳草萋萋。看眼前碧野连天，我只能醉眼蒙眬地忘情游戏，不辜负人生难得的数载青春。

背景故事

韩缜字玉汝，北宋时期词人，和其他读书人一样，他靠科举考试而踏上仕途。此人生性暴躁，据说他在秦州做官时，有一次夜晚设宴招待客人，宴会结束后他就回家了。没想到的是有位客人却跟着他进入了内室，还跟他的侍妾打了个照面，他极为恼火，当场竟拿着铁裹杖竟把那人给打死了。由此可见其性格火暴而又豪荡的一面，然而这种火暴脾气的人却也能写出柔情的佳作。

神宗元丰年间，当时作为外交使节的韩缜，奉命要到西夏国去谈判边界划分事宜。出行前夕，他就跟爱妾刘氏整夜喝酒作乐，因为他们知道这次出使西夏的凶险，由于宋朝国力在当时已经衰落，而西夏国的国力正趋于强盛的发展状态，所以他很有可能就被扣留，甚至他还会跟对方因国家的权益之争而遭受杀身之祸。因此，这次与爱妾分手，很可能就是永别，想到自己生死未卜，又要与爱妾马上分离，他十分伤感，于是对爱妾吟起了一首题为咏芳草的《凤箫吟》词。这爱妾一再吟诵着丈夫的这首绝妙好词，顿时泪流满面；两人继续饮酒，等到天色一明，他便踏上了远赴西夏的征途。然而令人深感奇怪的，神宗忽然命人赶快把他的爱妾接来，然后又使人让她收拾一应行李并乘快车去追韩缜，这让人们很不理解其中缘由。

时间一久，人们才了解到神宗之所以这样做，却是由于他在宫中听到了如下词句的缘故：

香作风光浓着露。正恁双栖，又遣分飞去。
密诉东君应不许，泪波一洒奴衷素。

这是《蝶恋花》双调词中的一阕，正是韩缜的爱妾所写；而其中的"东君"，就是代指神宗。原来，临行前夕的凌晨韩缜写词赠别爱妾时，他的爱妾也是十分的感伤，便写了《蝶恋花》词来回答。谁知这首词竟然被广为传诵，该词传到了皇宫里。神宗获读后，深深同情他们的夫妇感情，并想到自己应该成人之美，便当即做出决定：派专人送她跟随韩缜一同去西夏。这在封建社会里，对韩缜来说也是极为难得了。

韩缜的那首是咏芳草、抒离愁之作。上片写离别愁绪，"锁离愁"三句从词人远行写起，以"暗垂珠露"点染别情。"长行"二句复写行人，"但望极"再写爱姬念远登楼，终日目断劳神之苦况。下片以"销魂"领起，转写别后相思、期望。"池塘"二句言池畔漫步之处，而今芳草无人践踏，必定格外茂盛葱绿，连翠裙也生出妒意，曲折传达爱妾睹芳草而生妒怨的闺愁。"恁时"三句写词人期望"携素手"重温漫步花茵之情乐。"朱颜"二句复写爱妾之叹朱颜因愁思而空自憔悴，竟不及芳草之年年春色长新，借"芳意长新"反衬朱颜闺怨。最后"遍绿野"二句将词人与爱妾双挽，唯愿爱侣团圆，趁青春游嬉、陶醉于芳草绿野之中，远行之际故作此旷达语以慰藉爱妾，且以自释离愁，透出未来之欢欣。

这首词借连绵芳草以诉离愁缠绵不尽，全词不着一"草"字，却几乎句句咏芳草，处处写离情；且语言清雅明丽，哀婉有致，意境温情绵绵，深沉真挚，全无半点"暴酷"之气。真可谓"自古丈夫亦多情"，文如其人。

8 女词人与夫君浪漫郊游

如梦令

李清照

常记溪亭日暮①，沉醉不知归路。兴尽晚回舟，误入藕花深处②。争渡，争渡，惊起一滩鸥鹭。

注释

①溪亭：泉名，是济南七十二名泉之一。
②藕花：荷花。

译文

在溪亭泉一次野游中，流连忘返拖到黄昏。大醉陶然不辨回家的路，玩得尽兴才肯荡舟回去，昏头昏脑，划进荷花水塘。不管不顾，朝前划去，惊起滩上眠宿的鸥和鹭。

背景故事

宋代著名女词人李清照，与金石考古家赵明诚结婚不久，住在济南。那时，他们都正是年富力强，感情丰沛，又值新婚，自然生活得格外快乐。

七月中旬的一天清早，李清照与赵明诚兴致勃勃地带着美酒、佳肴与文房四宝外出郊游。出去没有多久，太阳便从东方冉冉升了起来，于是，他们朝前望去，一条宁静幽美的小河横卧在他们面前。

看到那条小河，他们争抢着跑到船上，把船桨操在手中，同心协力地向前划去。

太阳高高地升起来了，夏日的风清爽地吹来……整整的一天，他们几乎都是在欢乐与幸福中度过。他们不是开怀畅饮，就是联句赋诗。一直到颇有些醉意了，才在暮色苍茫的时候寻路回家。

大概因为是醉意蒙蒙了，他们找不到来时的渡口，赵明诚焦急得不知说什么才好。最后，好不容易在水草丛中找到了一只小船，他们醉眼惺忪地踏上船，又争着划起桨来。

小船划过一带水草萋迷的地方，水面豁然开朗了。河水是碧绿的，在苍茫的暮色中绿得发暗，显得是那样的宁静而又安详，犹如一面翠绿而巨大的宝镜。

当小船划破平静的水面缓缓前进的时候，在微弱的落日余晖中，他们两人的倒影在水中轻轻地荡漾着。

小船刚一转弯，赵明诚突然大叫起来：

"啊呀，易安，你看我们竟闯到哪里来了！"

李清照慢慢地抬起头望去，眼前是一望无际的荷花。

小船在荷花丛中穿过，使得一群鸥鹭从藕花深处惊飞起来，随之，发出悠长的鸣叫声。李清照看到这美丽的景象，她高兴地说："这里不正是一个最有诗意的地方吗？明诚，我一定会写出一首最清新的小词来。"

赵明诚此时正为归家的路而焦急，对李清照说：

"易安，我当然相信你会的，可是，我们还得在天黑之前找到回家的路啊！"

天色越来越黑，他们努力地划着船，渐渐地穿过了这片藕花，前面不远处就是河岸了。此时，月亮已升起来了，洒下一片银辉，晚风更加清爽了，他们互相搀扶着上岸，趁着皎洁的月色走回家去。

两个月后的一天，赵明诚在书房里读书，李清照走进来递给他的一篇词稿，便是《如梦令》。

这首《如梦令》以李清照特有的方式表达了她早期生活的情趣和心境，境界优美怡人，以尺幅之短给人以足够的美的享受。

"常记"两句起笔平淡，自然和谐，把读者自然而然地引到了她所创设的词境。"常记"明确表示追述，地点在"溪亭"，时间是"日暮"，作者饮宴以后，已经醉得连回去的路都辨识不出了。"沉醉"二字却流露了作者心底的欢愉，"不知归路"也曲折传出作者流连忘返的情致，看起来，这是一次给作者留下了深刻印象的十分愉快的游赏。果然，接写的"兴尽"两句，就把这种意兴递进了一层，兴尽方才回舟，那么，兴未尽呢？恰恰表明兴致之高，不想回舟。而"误入"一句，行文流畅自然，毫无斧凿痕迹，同前面的"不知归路"相呼应，显示了主人公的忘情心态。盛开的荷花丛中正有一叶扁舟摇荡，舟上是游兴未尽的少年才女，这样的美景，一下子跃然纸上，呼之欲出。一连两个"争渡"，表达了主人公急于从迷途中找寻出路的焦灼心情。正是由于"争渡"，所以又"惊起一滩鸥鹭"，把停栖在洲渚上的水鸟都吓飞了。至此，词戛然而止，言尽而意未尽，耐人寻味。

这首小令用词简练，只选取了几个片段，把移动着的风景和作者怡然的心情融合在一起，写出了作者青春年少时的好心情，让人不由想随她一道荷丛荡舟，沉醉不归。正所谓"少年情怀自是得"，这首小令不事雕琢，富有一种自然之美。

6

第六辑

悲情篇

每一个特定的时代似乎总会出现一些让人伤怀的事情，这些事情的进一步深化便成了历史上的悲剧，有受封建礼教束缚的爱情悲剧；也有爱国志士遭佞人谗害致死的悲剧；更有大好河山落入旁人之手的千古遗恨……在这一幕幕的悲剧中，词人用他们特有的手法书写着、记录着，留给后人深深的启迪。

1 痴情女泪别负心郎

祝英台近
戴复古妻

惜多才，怜薄命，无计可留汝。揉碎花笺，忍写断肠句。道旁杨柳依依，千丝万缕，抵不住、一分愁绪。

如何诉。便教缘尽今生，此身已轻许。捉月盟言，不是梦中语。后回君若重来，不相忘处，把杯酒、浇奴坟土。

注释

多才：宋元俗语，男女用以称所爱的对方。

译文

我是欣赏你的才华，可惜只是我自己没有福分跟你在一起结为夫妇，我没有办法把你留住。我想写一首给你送别的词，但是我真不知道从何下笔，我几次写了，几次把纸揉碎了，我怎么忍心写下这样断肠的词句呢？要送你走，你看那路旁柔丝飘拂的杨柳依依，"柳"有"留"的声音，可是千丝万缕的杨柳也留不住你，而且那千丝万缕的长条也抵不住我内心离别的愁绪。让我怎么说，我们的缘分从此中断，当初我轻易地许身与你，你跟我结婚的时候，也曾经指天誓日，说过天长地久不相背负的，那不是梦中的语言，可是现在你毕竟已经结婚，你有家室，你要走了。如果你再一次回到这里，如果没有忘记我，还怀念我们当年的一段感情，你就拿一杯酒浇在我的坟墓上。

背景故事

在宋朝的时候，有一个叫戴石屏的人，他自幼勤奋好学，很年轻时便有了一定的名气。不幸的是因家庭变故而离乡背井远走他乡，由于衣食不继几乎饿死在路上。恰巧在武宁这个地方遇到了一位家境富有的老人相救，才使他活了下来。富翁喜爱他这出众的才华，便把爱女嫁给了他，夫妻俩倒也挺恩爱的。在幸福和睦中，不觉二三年过去了，这一天，戴石屏向岳父提出要回故乡去看一看。游子离家多年，回去探望老乡亲是情理当然之事，妻子和岳父都十分理解。可是，戴石屏却提出，他返回家乡后再也不到武宁来了。听了他的话，妻子万分诧异，便追问这是为什么？此时，戴石屏见实在无法隐瞒，就说出了真情。

原来，戴石屏以前在家早已娶了妻子，现在妻子在家乡一人生活。这富家女遂把这事告诉了她父亲；老人一听，当即勃然大怒，觉得戴某无疑是欺骗了他们父女俩的感情。而富家女则在一旁婉转地劝说着父亲不要生气，一边又收拾着他的一应行装，准备给戴送行。她父亲见女儿如此，也就不再吭声地摇了摇头，然后怒气冲冲地往他所住的里屋去了。

妻子在赠送了许多财物后，接着又填写了一首《祝英台近》词作为临别赠言送给戴。戴石屏读完这首词后不觉两眼含泪，羞愧得以致不敢再抬头凝视着她了。

妻子劝慰他在路上可要多加小心，到家时替她向他夫人问好；他含着热泪默默答应着。然而，就在戴石屏离开不久，这富家女竟然投水自尽了。这可真是一场令人遗憾不已的悲剧啊！

2 身为阶下囚的皇帝

虞美人
李煜

春花秋月何时了,往事知多少?小楼昨夜又东风,故国不堪回首月明中。雕栏玉砌应犹在,只是朱颜改。问君能有几多愁,恰似一江春水向东流。

译文

春天美丽的花朵,秋天皎洁的明月,一年复一年什么时候才结束啊。多少悠悠的往事浮上了心头。昨夜里东风又吹起,春天来到汴京的小楼。不忍回首的故国啊,在如水的明月中牵惹出多少忧愁。遥想远方的故国,华美的宫殿应该还像以前那样耸立在那里。可人却已经逐渐衰老了,脸上的颜色也变得不像以前一样了。问君能有多少忧愁,就好像那一江奔涌的春水向东流去,连绵不断啊!

背景故事

公元975年,宋朝军队攻破金陵,南唐后主李煜被迫投降宋朝,过了两年多如同囚犯的屈辱生活。有一天,宋太宗把李煜的旧臣徐铉召来,问他近来是不是见到过李煜,徐铉答道:"没有皇上的命令,我怎么敢私下里见他啊!"宋太宗虚情假意地说:"你们君臣一场,应该经常去看看他才对啊!"

第二天,徐铉专程来到李煜的住所。他走进屋内,只见后主身穿道袍,面容憔悴,两眼流露出哀伤悲愁的神情。徐铉上前叩拜,说:"臣下这次前来,只是为了叙叙旧情。"李煜见到昔日的爱卿,愁容上添了几分喜气,让徐铉入座后,他长长地叹了一口气,无限感慨地说:"我真是后悔啊!以前只知道追求享乐,荒废了国家大事,后来又错杀了国家的忠臣,给国家带来灾祸啊!"徐铉听了这话颇为紧张,怕他再扯国家兴亡之事,引起宋太宗的怀疑,忙用话岔开:"陛下最近又有什么新的作品吗?"李煜说:"唉,春去秋来,冬去春至,我是度日如年啊!大好的河山毁在我的手上,怎么不让我痛心难过呢,也不知道什么时候能结束这种阶下囚的生活。"说着,声音有些哽咽。过了一会儿,他拿出一张素笺,说:"近来我靠填词度日,新近写了一首《虞美人》。"接着,他激动地念了这首词,徐铉听后也长叹了几声。

后来,宋太宗听到了这首词。宋太宗愤恨地说:"看来李煜亡国之心不死啊!"于是,就赐他"牵机药"。李煜服后,毒性发作,痉挛而死。

春花秋月,原本是大自然赐予人类最美好的景观,人们只嫌看不够,赏不足。可此时李煜却希望春花不要再开放,秋月不要再圆满。这反常的心理正表现出李煜异常的生活境遇。因为一见到春花秋月,就想起了幸福的过去和欢乐的往事。回忆的往事越多,现实的悲哀就越沉重。见不到春花秋月,也许就少些对往事的回忆。然而春花秋月,并不以他的意志为转移,照样周而复始地开放、升起,而东风又不期而至。自然的风月花草,无不激起他对南唐故国的深沉怀念:故国的江山依旧壮丽吧,宫殿的雕栏玉砌也还是那么辉煌气派吧?可曾经拥有它的主人已是颜面丧尽、衰老不堪了啊!结句写愁,已是千古名句。这个比喻不仅写出愁像江水一样深沉,像江水一样长流不断,还写出愁苦像春天的江水一样不断上涨。真是把人生的愁苦写到了极致。

3 因词作知生命将终结

千秋岁
秦观

水边沙外，城郭①春寒退。花影乱，莺声碎。飘零疏酒盏，离别宽衣带。人不见，碧云暮合空相对。　忆昔西池会②，鹓鹭③同飞盖。携手处，今谁在？日边清梦断，镜里朱颜改。春去也，飞红万点愁如海。

注释

①城郭：城墙内外。

②西池：即金明池，在汴京城西。

③鹓鹭：两种鸟，喻品级相近的同僚。飞盖：疾行的车辆。

译文

早春时的寒气从溪水边城郭旁渐渐地退去了。花儿被微风吹得来回飘动，黄莺轻轻地啼叫。远谪他乡无心饮酒，离别亲人我渐渐变得憔悴。我所等待的人，迟迟未到。回想当年西池盛会，同僚成行，车辆列队。可如今，四方流散，又有谁在？时光在飞快地流逝，镜子里面我的容颜已经憔悴，不知道什么时候能再次回到朝廷，岁月在流逝，那纷纷落红，引出的忧愁就如同大海一样深啊！

背景故事

宋朝神宗时期，已是中年的秦观在苏轼等人的推荐下，考中进士，走上了官场。

秦观先被朝廷派到海定去做了一个小官，接着又调到河南蔡州去做管理学校的官员。到了宋哲宗时期，苏轼又与其他一些朋友向朝廷推荐秦观，以期能使他受到朝廷的重用，为国家作些贡献。可是，有些嫉贤妒能的人却百般阻挠，苏轼、秦观等人最后没能如愿。秦观不甘久居人下，便又去应科举考试，后来被朝廷任命为宣教郎。这一时期他的仕途较为顺利，不久官职提升，又调入国史院做了编修官。但此时他的生活还是较清贫的。

虽身为京官，却无时不为衣食所愁。家里竟多时"食粥度日"，有时为了不至于断粥，只好把衣服拿出去当掉。

后来，宋哲宗亲自执掌朝政，新派人物上台，接着而来的便是以前的旧党遭到排挤、打击。秦观由于与苏轼兄弟关系密切，便也被列为旧党，被朝廷赶出京城，派到杭州去做通判，继而又因御史刘拯检举秦观"增损实录"，中途再次被贬到处州。不久，朝廷再次对他降罪，秦观被贬谪到郴州，第二年再贬到横州。三年之后，又贬到远在广东的雷州。

一连串的打击使秦观的理想破灭了，他的情绪非常低沉忧郁，于是，他写了一首充满愁苦的《千秋岁》词。

这首词很快传开了。当时的宰相曾布读罢这首词，深深地叹息一声说："秦观过不了多久就将离开人世了！"

为什么会这样说呢？就是因为词中有"飞红万点愁如海"之句。既然是有愁如海，怎么还能久留于人世呢？

果然不出所料，在写完这首词后的第二年五月，朝廷下赦命，命秦观返回内地任职。当他来到滕州的时候，在华光亭喝酒喝多醉倒了。他向人讨水喝，当别人端水给他送来时，只见他大笑不止，不久便辞别了人世，当时他仅仅52岁。

词中抚今追昔，触景生情，表达了政治上的挫折与爱情上的失意相互交织而产生的复杂心绪。此词以"春"贯穿全篇，"今春"和"昔春"，"盛春"到"暮春"，以时间的跨度，将不同的时空和昔盛今衰等感受，个人的命运融合为一，创造出完整的意境。"水边沙外，城郭春寒退。花影乱，莺声碎。"此四句是写景，用"乱"和"碎"来形容花多，同时也传递出词人心绪的纷乱，茫然无绪。"飘零疏酒盏，离别宽衣带。人不见，碧云暮合空相对。"他乡逢春，因景生情，引起词人飘零身世之感。词人受贬远徙，孑然一身，更无酒兴，且种种苦况，使人形影消瘦，衣带渐宽。"人不见"句，以情人相期不遇的惆怅，喻遭贬远离亲友的哀婉，是别情，也是政治上失意的悲哀。现实的凄凉境遇，自然又勾起他对往日的回忆。下片起句"忆昔西池会，鸂鶒同飞盖。"西池会，作者当时在京师供职秘书省，与僚友西池宴集赋诗唱和，是他一生中最得意的时光。作者回忆西池宴集，馆阁官员乘车驰骋于大道，使他无限眷恋，那欢乐情景，"携手处，今谁在？"抚今追昔，由于政治风云变幻，同僚好友多被贬谪，天各一方，词人怎能不倍加忆念故人？"日边清梦断，镜里朱颜改。春去也，飞红万点愁如海。"沉重的挫折和打击，他自觉再无伸展抱负的机会了。日边，借指皇帝身边。朱颜改，指青春年华消逝，寓政治理想破灭，漂泊憔悴之叹。如说前面是感伤，到此则凄伤无际了。这是词人和着血泪的悲叹。"落红万点"，意象鲜明，具有一种惊人心魄的凄迷之美，唤起千万读者心中无限惜春之情、惜人之意。

4 亡国之音的《后庭花》

桂枝香(金陵怀古[①])

王安石

登临送目,正故国晚秋[②],天气初肃[③]。千里澄江似练[④],翠峰如簇[⑤]。归帆去棹残阳里,背西风、酒旗斜矗[⑥]。彩舟云淡,星河鹭起[⑦],画图难足。

念往昔、繁华竞逐,叹门外楼头[⑧],悲恨相续。千古凭高对此,漫嗟荣辱[⑨]。六朝旧事随流水[⑩],但寒烟衰草凝绿。至今商女,时时犹唱,《后庭》遗曲[⑪]。

注释

①金陵:古郡名,宋代称升州、江宁府,治所在今江苏省南京市。此地曾为三国吴、东晋,南朝宋、齐、梁、陈六朝的都城。

②故国:旧都。指金陵城。

③肃:清爽,指秋天凉爽的天气。

④澄江:清碧的长江。练:白色的丝绢。此句化用南朝诗人谢朓"澄江如练"的诗句。

⑤簇:丛聚的样子。

⑥酒旗:旧时酒店门前的酒帘,作为招徕顾客之用。

⑦星河:银河。此处喻美如银河的秦淮河。秦淮河是金陵城内的一条人工河,两岸为歌楼妓馆丛聚之处。由于来此游玩的客船甚多,灯光点点,恰似天上的银河一般。鹭起:形容秦淮河里彩舟往来,如鹭鸟之飞起。

⑧门外楼头:化用唐人杜牧《台城曲》"门外韩擒虎,楼头张丽华"之句。

指南朝陈为隋所灭的历史。据史书记载，隋大将韩擒虎从朱雀门入城时，陈后主与宠妃张丽华还在结绮阁寻欢作乐。

⑨漫嗟荣辱：空叹此城在历史上的荣辱。荣是指金陵旧都繁华兴盛之时，辱指发生在此地的亡国之辱。史载隋兵入城之后，陈后主与张丽华慌忙逃入景阳宫井中，为隋兵俘出。后人遂称此井为"辱井"。

⑩六朝：指在金陵建都的六个王朝，见本词注①。

⑪"至今商女"三句：化用杜牧《泊秦淮》诗"商女不知亡国恨，隔江犹唱《后庭花》"之句。商女，歌女。后庭遗曲，指陈后主所作的《玉树后庭花》。后人以此曲为亡国之音。

译文

我在这六朝故都的金陵城登高远望，时值深秋，天高云淡。眼下这奔涌千里的长江宛如一条白色的丝练。远处的青山丛丛簇簇，高下相间。残阳之中，归来的风帆、远去的舟影，穿游于银白色的江面。西风起处，酒旗斜插在街市两边。秦淮河中的彩舟摇曳，恰似那白鹭翩翩飞起，这说不尽的景致，丹青妙手也描摹不完。

遥想当年，这金陵故都是何等繁盛。可叹君王们荒淫误国，隋兵已经近逼城下，后主却仍在寻欢作乐，落得个国破家亡，悲恨相衔。站在高楼上凭吊千古，繁荣和耻辱令我徒自嗟叹。六朝的兴衰如同滔滔江水一去不返，不变的唯有那年年复生的青草和寒烟笼罩的江面。时至今天，歌女们还不时唱起《玉树后庭花》这支遗曲，听到这亡国之音，怎不令人深深遗憾。

背景故事

金陵素称虎踞龙蟠，雄伟多姿。大江西来折而向东奔流入海。山地、丘陵、江湖、河泊纵横交错。秦淮河如一条玉带横贯市内，玄武湖、莫愁湖恰似两颗明珠镶嵌在市区的左右。王安石正是面对这样一片大好河山，想到江山依旧、人事变迁，怀古而思今，写下了这篇"清空中有意趣"的政治抒情词。词中《后庭》曲是指南朝陈后主的故事。陈后主是魏晋南北朝的最后一位皇帝，对人民来说，他是个昏君，可是对于艺术来说，他却是个难得的人才。陈后主名叫陈叔宝，是一个完全不懂国事，只知道喝酒享乐的人，陈后主宠爱的贵妃张丽华本是歌妓出身，她发长七尺，光可鉴人，陈后主对她一见钟情，据说即使是在朝堂之上，还常让她坐在膝上与大臣共商国事。陈后主为了享乐，大兴土木，建造了三座豪华的楼阁，让他的宠妃们住在里面。身边的宰相江总、尚书孔范等人，也只会逢迎拍马，玩玩文字游戏而已，从来不把国家大事放在心上。他们喝酒吟诗，制作俗艳的诗词，如《玉树后庭花》、《临春乐》等，而且都配上曲子。陈后主还挑选了一千多个宫女，专门演唱他们"创作"出来的这些靡靡之音。

陈后主这样穷奢极欲，他对百姓的搜刮当然非常残酷。百姓被逼得过不了日子，流离失所，到处可见倒毙的尸体。大臣傅縡上奏章说：皇上整日不问国事，再这样下去，国家就要完了。

陈后主一看奏章就火了，派人对傅縡说："你能认错改过吗？如果愿意改过，我就宽恕你。"

傅縡说："我说的本来没有错，怎么让我改错。"

陈后主恼羞成怒，就把傅縡杀了。

陈后主又过了五年荒唐的生活。这时候，北方的隋朝渐渐强大起来，决心灭掉南方的陈朝。

后来，隋文帝造了大批大小战船，派他的儿子晋王杨广、丞相杨素担任元帅，贺若弼、韩擒虎为大将，率领五十一万大军，分兵八路，准备渡江进攻陈朝。

隋文帝亲自下达讨伐陈朝的诏书，宣布陈后主二十条罪状，还把诏书抄写了三十万份，派人带到江南各地去散发。陈朝的百姓已经恨透了陈后主，看到了隋文帝的诏书，人心更加动摇起来。

首先是杨素率领的水军从永安出发，乘几千艘黄龙大船沿着长江东下，满江都是旌旗，战士的盔甲在阳光下闪闪发光。陈朝的江防守兵看了，被吓呆了，哪里还有抵抗的勇气。其他几路隋军也都顺利地开到江边。北路贺若弼的人马到了京口，韩擒虎的人马到了姑苏。江边陈军守将告急的警报接连不断地送到建康。

陈后主正跟宠妃、大臣们醉得七颠八倒，他收到警报，连拆都没有拆，就往床下一丢了事。后来，警报越来越紧了。有的大臣一再请求商议抵抗隋兵的事，陈后主才召集大臣商议。

陈后主说："东南是个福地，又有天险可以拒敌，以前北齐来攻过三次，北周也来了两次，都失败了。这次隋兵来，还不是一样来送死，没有什么可怕的。"

其他的奸佞小人也附和着说："陛下说得对。我们有长江天险，隋兵又不长翅膀，难道能飞得过来！这一定是守江的官员想贪功，故意造出这个假情报来。"

大家你一言，我一语，根本不把隋兵进攻当作一回事，笑谈了一阵，又照样叫歌女奏乐，喝起酒来。

再到后来，贺若弼的人马从广陵渡江，攻克京口；韩擒虎的人马从横江渡江到采石矶，两路隋军逼近建康。到了这个火烧眉毛的时候，陈后主才有些清醒。城里的陈军还有十几万人，但是陈后主手下的宠臣江总、孔范一伙都不懂得怎么指挥。陈后主急得哭哭啼啼，手足无措。隋军顺利地攻进建康城，陈军将士被俘的被俘，投降的投降。

等到隋军进入皇宫以后却到处找不到陈后主。后来，捉住了几个太监，才知道陈后主逃到后殿投井了。隋军兵士找到后殿，果然有一口井。往下一望，是个枯井，隐约看到井里有人，就高声呼喊。井里没人答应。兵士们威吓着叫喊说："再不回答，我们要扔石头了。"说着，真的拿起一块大石头放在井口，装出要扔的样子。井里的陈后主吓得尖叫了起来。兵士把绳索丢到井里，才把陈后主和两个宠妃拉了上来，陈朝灭亡，陈后主最后病死洛阳，追封长城县公。

就这样，《后庭花》因为它的作者陈后主的经历和遭遇而被后人看作是亡国之音，被历代文人当作警世钟时时敲响。

而王安石的这首《桂枝香》正是有感于此而作，词的上阕主要是写景，作者在一派肃爽的晚秋天气中登高临远，看到了金陵最有特征的风景：千里长江明净得如同一匹素白的绸缎，两岸苍翠的群峰好似争相聚在一起；江中的船帆在夕阳里来来去去，岸上酒家斜挂的酒招迎着西风在飘扬。极目远眺，那水天一色处的各种舟楫在淡云中时隐时现；一群白鹭在银河般的洲渚腾空而起。如此壮丽的风光真是"画图难足"啊！词的下阕，作者的笔锋一转，切入怀古的题旨。用"念往昔"三字拉开了时空的反差，指出六朝的统治者竞相过着奢侈荒淫的生活，以致像陈后主那样，敌军已兵临城下，他还拥着一群嫔妃在寻欢作乐。最后六朝君主就像走马灯似的一个接一个地国破家亡，悲恨相继不断。对此作者发出了深深地感叹：千古以来人们登高凭吊，不过都是空发兴亡感慨，六朝旧事随着东逝的江水是一去不复返了，剩下的只有几缕寒烟和一片绿色的衰草。最后作者借用杜牧《泊秦淮》中的"商女不知亡国恨，隔江犹唱后庭花"的诗意，指出六朝亡国的教训已被人们忘记了。这结尾的三句借古讽今，寓意深刻。

王安石是在神宗熙宁初出任江宁知府的（府治即今南京市），两年后即入中枢为相。这首词当作于任知府期间。作为一个伟大的改革家、思想家，他站得高看得远。这首词通过对六朝历史教训的认识，表达了他对北宋社会现实的不满，透露出居安思危的忧患意识。

5 悲歌一曲恨千秋

钗头凤①

陆游

红酥手②,黄縢酒③。满城春色宫墙柳。东风恶,欢情薄。一怀愁绪,几年离索④。错,错,错! 春如旧,人空瘦。泪痕红浥鲛绡透⑤。桃花落,闲池阁。山盟虽在⑥,锦书难托⑦。莫,莫,莫!

注释

①钗头凤:词牌名,取自诗句"可怜孤似钗头凤"。

②酥:酥油,形容皮肤润泽细腻。

③黄縢酒:又名黄封酒。因官酒以黄纸封口得名。

④离索:离群索居。

⑤浥:沾湿。鲛绡:神话中鲛人所织的纱绢。

⑥山盟:指盟约。古人盟约多指山河为誓。

⑦锦书:前秦窦滔妻苏氏织锦文诗赠其夫,后人以锦书喻爱情书信。

译文

当年和唐琬一起到城外游玩。在柳荫底下,两人摆开酒菜坐下小酌。她用红润的手捧着黄縢酒,生活多么美好啊!可是,转眼之间,美好的欢情成了泡影,只留下满怀的愁恨和痛苦。如今同样是春天,可是她却比从前消瘦了,想必她的泪痕已湿透了手帕。桃花已经谢落,池台亭阁也冷落了,过去的山盟海誓虽然还在,可是连托人给她带封信都办不到了。

背景故事

南宋高宗时，英俊的青年诗人陆游，与年轻美貌、温柔多情的表妹唐婉结为夫妻。郎才女貌，情投意合，两人非常恩爱，简直到了形影不离的地步。

他们同进共出，在家则是陆游夜读，唐婉添香。恩爱之情使他们对未来充满美好的憧憬，都希望相偎相依，白头偕老，共度此生。

谁料，陆游的母亲却另有想法。不知为什么，她从一开始就有点看不上这个是自己侄女的儿媳妇。每当看到陆游与唐婉恩恩爱爱的情景，她心中就满是不高兴，时不时便要发出些无名火来。

几年过去后，唐婉一直没有生下儿子，陆游的母亲以此为由，硬逼儿子休弃妻子。

陆游听罢犹如五雷轰顶，苦苦哀求母亲收回成命。可是，老母决心已定，陆游不敢违抗。

可陆游实在舍不得离开唐婉，就秘密地把妻子转移到其他地方，金屋藏娇，经常偷偷地和她往来。没多久便被母亲发现了，她怒斥儿子大逆不道，硬是逼着儿子和唐婉一刀两断，这真像用刀子扎他的心一样难受。离婚后唐婉再嫁赵士程，而陆游另娶王氏。

宋高宗绍兴二十四年，陆游已经30岁了。一个春光明媚、百花争艳的日子，他信步来到山阴（今浙江绍兴）城东南四里处的禹迹寺附近的沈园游玩，借以排遣久积心头的抑郁。走着走着，他感到疲惫不堪，便坐到桃树下的一个石桌旁小憩。这时一个下人模样的人手中端着一个托盘，盘中放着一小壶酒和几碟小菜，来到陆游面前说："您是陆相公吗？我家老爷让我把这点酒菜送给您尝尝。"

"你家老爷是谁？"陆游惊诧地问。

那个下人向不远处的一座小亭一指，陆游一看便怔住了。原来，在小亭中饮酒的竟是陆游的前妻唐婉和她的丈夫赵士程。虽然分离没几年，但一向面容清秀红润的唐琬，却变得憔悴不堪。这时正在满含哀怨地看着陆游。四目相对，默默无言，唐琬已是泪光闪闪了。

但是，此时此地，他们又能说些什么呢？只能淡淡地应酬两句，便匆匆分开了。

陆游目不转睛地望着唐琬的背影渐渐远去，最后消失在绿杨翠柳的深处，真想顿足捶胸大哭一场。

此时一别，何时能够再相逢？望着园中对对彩蝶在花丛中飞舞，池中鱼儿双双在水中戏波，陆游深切地感到失去唐琬的难言之痛，不禁潸然泪下。

他想，赵士程特意派人送来酒菜，不正是包含着唐琬对自己念念难忘的旧情吗？

愁苦难耐，陆游强忍悲痛，把眼泪和酒一点点地咽了下去。

满腹悲痛酒难干，一腔心事凭谁诉？他知道，刚才他饮下的不仅是杯中之酒，更是自己母亲为他酿下的那杯不幸之酒。

饮罢、思罢、想罢，陆游站起身来，来到园子的粉墙前，提笔在手，让手中笔替他倾诉心中的不尽情怀，写下了这首千古绝唱《钗头凤》。

题完这首《钗头凤》词，陆游泪眼独对红花绿柳、粉蝶游鱼，更添无限惆怅，哪里还有心思再赏春景，便拖着沉重的步子，怀着不尽思念，慢慢地走出沈园。

陆游的《钗头凤》词一写出，立即为之洛阳纸贵，街头巷尾，人们争相传唱。

不久，唐琬就听到了《钗头凤》，真是肝摧肠裂，她虽然与赵士程结婚有几年了，但心中却念念难忘被迫分离的前夫陆游。此次沈园相会，又听到陆游的《钗头凤》，这使唐琬倍感身心交瘁，从此更加郁郁寡欢，心情一天沉似一天，不久，便销魂辞世了。

唐琬的去世，对陆游是一个沉重的打击，这撕心裂肺般的爱情悲剧使词人刻骨铭心,永生难忘,但是悲歌一曲的《钗头凤》却流传千古。

  词的起三句,以夫妻对饮场景,再现婚恋生活温馨,以"满城春色"烘染,颜红、柳绿、酒封黄,色调明丽,画面美好。"东风恶"以下,记述婚变后孤独愁苦,"东风"借物寓意,出以曲笔,"恶"蕴涵怨情。连三"错"字,无限悔恨、痛苦,奔涌而出。换头三句,写沈园邂逅情事,春如故而人不同,"红浥鲛绡透",刻画表情,真切动人。"红",泪水胭脂交融,"透",伤心酸楚之至。末段写相逢以后心境。"桃花"、"池阁",与"满城春色",哀乐对照,渲染悲凉氛围,兼喻美好恋情如花陨落。誓言在耳,音书难通。事已至此,情何以堪!三"莫"字,无可奈何,无限伤感,灌注笔端。

6 伊人已去,情郎断肠

三姝媚(烟光摇缥瓦①)
史达祖

  烟光摇缥瓦,望晴檐多风,柳花如洒。锦瑟横床,想泪痕尘影,凤弦常下②。卷出犀帷③,频梦见、王孙骄马④。讳道相思⑤,偷理绡裙,自惊腰衩⑥。 惆怅南楼遥夜,记翠箔张灯,枕肩歌罢。又入铜驼⑦,遍旧家门巷⑧,首询声价。可惜东风,将恨与、闲花俱谢。记取崔徽模样⑨,归来暗写⑩。

注释

  ①缥(piǎo瞟)瓦:淡青色的琉璃瓦。

②凤弦常下：泪水和尘土常常落在锦瑟的丝弦上。

③犀帷：饰有犀角的帷帐。

④王孙：指自己所爱的情郎。骄马：骏马。

⑤讳道相思：不愿提起"相思"二字。

⑥自惊腰衩：为自己的腰围又瘦而感到吃惊。古代女子上衣在腰处开衩。惊腰衩，即为腰衩又宽而感到吃惊。

⑦铜驼：汉代洛阳的铜驼街，是当时贵族青年丛聚的地方。此处代指南宋京城临安的繁华街道。

⑧旧家：豪贵之家。

⑨崔徽：唐代河中府的妓女。此处代指作者所恋的妓女。

⑩写：画像。

译文

淡青色的琉璃瓦上一片烟光，在檐廊下，风儿吹着柳絮到处乱飞。锦瑟横在她的床头，想必那泪水和尘土曾屡屡落在丝弦之上。她不愿意走出帷帘，一定时常梦见我骑马的模样。她从不在别人面前提及"相思"二字，只是暗暗为自己瘦损腰肢而倍感凄凉。我不由得满怀惆怅，回想起南楼相识的那个晚上。还记得当时张起翠绿的纱灯，你靠在我的肩头轻轻歌唱。此后我又来到临安，径直来到旧家的门巷，先打听你是否安然无恙。可惜无情的东风，把你和百花同时吹谢，也带走了你无尽的遗憾与忧伤。我还清楚地记得你的面庞，回来后暗暗把你的音容笑貌画在绢上。

背景故事

这首词写的是作者在年轻时的一段往事。

那还是词人年轻的时候，他在杭州结识了一位风尘女子。这位女子虽然是风尘中人，但不仅色艺双绝，而且人品出众，特别重感情。在频繁的来往中，他们不同于那些只求声色之欢的人们，而是相知相近，心心相印，产生了很深的感情。

可是这段感情很快便走向了终结，史达祖因事离开了杭州，而且一走就是很长时间。时间一久，双方就难再联系，竟断绝了音信。

若干年之后，等史达祖返回杭州时，他心中最放不下的就是这位女子，便马上去寻访。可是，物依旧，景依旧，他要寻找的那位女子却已经故去了。

原来，自从史达祖离开杭州去外地后，那位女子对史达祖是日日想、夜夜盼，为此茶饭不思，竟因极度思念而染上了不治之症，不久便在抑郁中死去。

景物依然，人物已非。过去的一切又浮现在眼前。卿卿我我的恩爱，举案齐眉的敬重，执手相依的温存，抚琴吟诗的情趣，一切都逝去了，一切都不再来了。

让人意想不到的是自己归来寻访到的竟是这等令人断肠的消息。史达祖走进那位女子旧时的妆楼，展现在他眼前的是那位女子生前抚过的锦瑟，一件件她用过的物品仍然摆放在那里，伸出手去摸一摸，去体味以前的一切，虽然那上面已落满了尘土。

看到这些，史达祖决心像供奉所爱的人的遗容一样，把这段爱情永远留在自己的心里，永远纪念着她。于是，他写下了那首《三姝媚》词。

在词中，他写自己回到杭州马上去寻访那位女子，但"锦瑟横床"只是她的遗物了。"想泪痕尘影，凤弦常下"，他想到自他们分手后，那位女子再不与其他客人接近，而是独守着深闺的寂寞，这都是为了他。她是一位要强的女子，不愿在人们面前说出自己满腹的心事。日渐一日，她消瘦下去。每当自己私下捡起旧时的裙子穿在身上时，裙腰竟是那样宽松，她这才吃惊地发现，自己确实已瘦了许多。

史达祖终于寻访到了,那是令人心碎的消息:"可惜东风,将恨与闲花俱谢"。她如一枝无主的闲花,永远地凋谢了,任凭史达祖千呼万唤也无济于事。

这首词是作者悼念旧情,先写女方,开头三句从闺中人视角写景,先写外景,继写内景。"倦出"始将抒情主体正式引出。"频梦见"写思念的热切。而"讳道"三句又深入一层,写长期为相思瘦损。转写男方的思恋。当日"遥夜"欢情,今日人面不知何处,令人悲痛万分。最后说自己还记得伊人模样,试图作画,以寄相思之情。

7 胡笳十八拍

苏武慢

蔡伸

雁落平沙,烟笼寒水,古垒鸣笳声断①。青山隐隐,败叶萧萧,天际暝鸦零乱。楼上黄昏,片帆千里归程,年华将晚。望碧云空暮②,佳人何处?梦魂俱远。 忆旧游,邃馆朱扉③,小园香径,尚想桃花人面④。书盈锦轴,恨满金徽⑤,难写寸心幽怨。两地离愁,一尊芳酒,凄凉危栏倚遍。尽迟留,凭仗西风,吹干泪眼。

注释

①古垒:古战场的残垒。笳:胡笳,一种北方民族吹奏的管乐器,类似笛子。以其从西北传入,故称胡笳。

②碧云空暮：谓碧云高远，暮色苍茫。

③邃（suì岁）馆：深深的庭院。朱扉：朱漆的门户。

④桃花人面：指美人面若桃花。

⑤金徽：金属制的琴徽。徽，系弦的丝绳。此处代指琴声。

译文

几只大雁落在平旷的沙洲，烟霭笼罩着清冷的江面，古垒边的胡笳声渐低渐远。远处的青山时隐时现，枯叶在秋风中飘落在地上，天边的几只昏鸦在往来回旋。黄昏时我独立楼上，远处驶过一张白帆，一年将尽，这船儿何时能将千里归程走完？抬眼望见浓云暮合，不知美人今在何处，她把我的魂梦带向遥远的天边。回想起旧时的欢乐，朱红的大门，深深的庭院，小巧别致的花园里，香气扑鼻的小径上，我至今还能记起她美丽的容颜。纵然是写满丝绢拨断琴弦，也难以倾诉内心的幽怨。这两地相思的凄苦，一樽美酒怎能排遣？我已经把栏杆倚遍。久久地滞留在楼上，任凭西风吹干我的泪眼。

背景故事

词中所说的胡笳十八拍是由蔡文姬所创。蔡文姬是我国历史上著名的才女，她的父亲是大名鼎鼎的东汉大儒蔡邕。

汉灵帝时，蔡邕校书东观，以经籍多有谬误，于是为之订正并书写镌刻在石碑上，立在太学门外，当时的后生学子都依此石经校正经书，每日观览摹写者不绝于途。这些石碑在洛阳大火中受到损坏，经过一千八百多年，洛阳郊区的农民在犁田时掘得几块上面有字迹的石块，经人鉴定就是当年蔡邕的手书，称为"熹平石经"，现在珍藏在历史博物馆中。

蔡邕不仅是文学家、书法家，他还精于天文数理，妙解音律，在洛阳俨然是文坛的领袖，像杨赐、玉灿、马日䃅以及后来文武兼备，终成一代雄霸之主的曹操都经常出入蔡府，向蔡邕请教。

蔡文姬生在这样的家庭，自小耳濡目染，既博学能文，又善诗赋，兼长辩才与音律就是十分自然的了，可以说蔡文姬有一个幸福的童年，可惜时局的变化，打断了这种幸福。

随着东汉末期政治的昏暗，终于酿成了黄巾军大起义，使以豪强地主为代表的地方势力迅速扩大。大将军何进被宦官杀死后，董卓进军洛阳把宦官全部杀尽，把持朝政，董卓为巩固自己的统治，刻意笼络名满京城的蔡邕，将他一日连升三级，三日周历三台，拜中郎将，后来甚至还封他为高阳侯。董卓在朝中的倒行逆施，招致各地方势力的联合反对，董卓火烧洛阳，迁都长安，后来董卓被吕布所杀。蔡邕也被收付廷尉治罪，蔡邕请求黥首刖足，以完成《汉史》，士大夫也多矜惜而救他，马日䃅更说："伯喈旷世逸才，诛之乃失人望乎？"但终免不了一死，徒然地给人留下许多议论的话题，说他"文同三闾，孝齐参骞。"在文学方面把他比作屈原，在孝德方面把他比作曾参和闵子骞，当然讲坏话的也不少。

董卓被杀以后，他的部将又攻占长安，从此军阀混战天下大乱。羌胡番兵乘机掠掳中原一带，到处烧杀抢掠，掠夺妇女。蔡文姬与许多被掳来的妇女，一齐被带到南匈奴。

这心境是可以想象的，当初细君与解忧嫁给乌孙国王，王昭君嫁给呼韩邪，总算是风风光光的，但由于是远嫁异域，产生出无限的凄凉，何况蔡文姬还是被掳掠的呢！饱受番兵的凌辱和鞭笞，一步一步走向渺茫不可知的未来，这年她二十三岁，这一去就是十二年。

在这十二年中，她嫁给了匈奴左贤王，饱尝了身处异族异乡的思乡之苦。当然她也为左贤王生下两个儿子，大的叫阿迪拐，小的叫阿眉拐。她还学会了吹奏"胡笳"，学会了一些异族的语言。

在这期间，曹操也由无名小卒变成了割据一方的一代枭雄，而且已经基本扫平北方群雄，把汉献帝由长安迎到许昌，后来又迁到洛阳。曹操当上宰相，挟天子以令诸侯。人一旦在能喘一口气的时候，就能想到过去的种种情事，尤其是在志得意满的时候，在这回忆中，曹操想到少年时代的老师蔡邕对他的教导，想到老师没有儿子，只有一个女儿。当他得知这个当年的女孩被掳到了南匈奴时，他立即派周近做使者，携带黄金千两，白璧一双，要把她赎回来。

尽管蔡文姬在异乡是痛苦的，现在一旦要结束十二年的塞外生活，离开对自己恩爱有加的左贤王，和两个天真无邪的儿子，说不清是悲是喜，只觉得柔肠寸断，泪如雨下，在汉使的催促下，她在恍惚中登车而去，在车轮滚滚的转动中，十二年的生活，点点滴滴注入心头，从而留下了动人心魄的"胡笳十八拍"。

南匈奴人在蔡文姬去后，每当月明之夜都会卷芦叶而吹笳，发出哀怨的声音，模仿蔡文姬的"胡笳十八拍"，成为当地经久不衰的曲调。中原人士也以胡琴和筝来弹奏《胡笳十八拍》，据传中原的这种风尚还是从她最后一个丈夫董祀开始的。

蔡文姬是悲苦的，"回归故土"与"母子团聚"都是美好的，人人应该享有的，而她却不能两全。

蔡文姬在周近的护卫下回到故乡陈留郡，但断壁残垣，已无栖身之所，在曹操的安排下，蔡文姬嫁给了田校尉董祀，这年她三十五岁，这年是公元208年，这年爆发了著名的"赤壁之战。"

然而世事难料，不幸的是就在她婚后的第二年，她的依靠、她的丈夫又犯罪当死，她顾不得嫌隙，蓬首跣足地来到曹操的丞相府为丈夫求情。

曹操正在大宴宾客，公卿大夫，各路驿使欢聚一堂，曹操听说蔡文姬求见，对在座的众人说："各位都听说过蔡文姬的才名，今为诸君见之！"

蔡文姬走上堂来，跪下来，语意哀伤地讲清来由，在座宾客都交相诧叹不已，曹操说道："事情确实值得同情，但文状已去，为之奈何？"蔡文姬恳求道："明公厩马万匹，虎士成林，何惜疾足一骑，而不济垂死一命乎？"说罢又是叩头。曹操念及昔日与蔡邕的交情，又想到蔡文姬悲惨的身世，倘若处死董祀，文姬势难自存，于是立刻派人快马加鞭，追回文状，并宽恕其罪。

蔡文姬刚嫁给董祀的时候，起初的夫妻生活并不十分和谐。就蔡文姬而言，她已年岁不小，而且是残花败柳之身了，再加上思念胡地的两个儿子，时常神思恍惚；而董祀正值鼎盛年华，生得一表人才，通书史，谙音律，是一位自视甚高的人物，对于蔡文姬自然有一些无可奈何的不足之感，然而迫于丞相的授意，只好勉为其难地接纳了她，董祀犯罪当死，何尝不是在不如意的婚姻中，所产生的叛逆行为所得到的结果呢？蔡文姬当然明白其中的道理，因而铆足了劲，要为丈夫开脱，终于以父亲的关系，激起曹操的怜悯之心，而救了董祀一命。

从此以后，董祀感念妻子的恩德，在感情上做了一百八十度的大转弯，开始对蔡文姬重新评估，夫妻双双也看透了世事，溯洛水而上，居住在风景秀丽、林木繁茂的山麓。若干年以后，曹操狩猎经过这里，还曾经前去探望。

据说当时蔡文姬为董祀求情的时候，曹操看到蔡文姬在严冬季节，蓬首跣足，心中大为不忍，命人取过头巾鞋袜为她换上，让她在董祀未归来之前，留居在自己家中。曹操的文学成就也是震古烁今的，这样的人就特别地爱书，尤其是难得一见的书，在一次闲谈中，曹操表示出很羡慕蔡文姬家中原来的藏书。当蔡文姬告诉他原来家中所藏的四千卷书，几经战乱，已全部遗失时，曹操流露出深深的惋惜之情，当听到蔡文姬还能背出四百篇时，又大喜过望，立即说："既然如此，可以背出让书吏到你家抄录下来，如何？"蔡文姬惶恐地答道："妾闻男女有别，还是让我自己写出吧。"这样蔡文姬凭记忆自己默写出四百篇文章，文无遗误，满足了曹操的愿望，也可见蔡文姬的才情之高。

蔡文姬传世的作品除了《胡笳十八拍》外，还有《悲愤诗》，被称为我国诗歌史上文人创作的第一首自传体的五言长篇叙事诗。在建安诗歌中别成一体。

8 "愁"字化身的女词人

声声慢
李清照

寻寻觅觅①，冷冷清清，凄凄惨惨戚戚②。乍暖还寒时候③，最难将息④。三杯两盏淡酒，怎敌他、晚来风急。雁过也，最伤心，却是旧时相识。满地黄花堆积，憔悴损⑤，如今有谁堪摘。守著窗儿，独自怎生得黑？梧桐更兼细雨，到黄昏、点点滴滴。这次第⑥，怎一个、愁字了得⑦。

注释

①寻寻觅觅：若有所失、四顾张望的样子。

②戚戚：忧伤的样子。

③乍暖还寒时候：指深秋时天气虽偶然温暖，但总体上越来越冷。

④将息：调养身体。

⑤憔悴损：指满地菊花枯萎凋谢的样子。

⑥这次第：这种令人忧愁的情景。

⑦"怎一个"二句：一个"愁"字怎能够概括得了呢。了得，囊括得尽。

译文

仿佛是遗失了什么东西,到处寻觅,四周冷冷清清,人不由感到深深的凄凉忧戚。这乍暖还寒的深秋天气,最让人无法调养休息。喝下三杯两盏的清酒,也抵不住晚间寒风的侵袭。大雁从北方向南飞去,它们都是我旧时的相识,这情景怎不让人伤心无比?庭院里堆满了将要凋败的菊花,它们都已枯干憔悴,如今还有谁肯来采摘?我独自一人守着窗子,怎样才能熬到残阳沉西?黄昏时又下起潇潇疏雨,击打着梧桐叶点点滴滴。这样的情景,怎能用一个"愁"字囊括无遗?

背景故事

这首词是作者南渡之后所作。靖康事变后,李清照和大多数人一样逃到南方,不久,丈夫赵明诚因患病而死,经历丧夫之痛的李清照又经历了许多辗转,最后才在杭州安顿下来,此时她已经五十二岁了。亡国之痛,丧夫之悲,使这位伟大的女词人完全改变了年轻时那种优雅闲适的生活节律,她由一位贵族妇女沦落为孤苦伶仃的孀妇。全词表现的是一种凄冷的美,特别是那句"寻寻觅觅,冷冷清清,凄凄惨惨戚戚",可以说是空前绝后,没有任何人能够望其项背。于是,她便被当作了愁的化身。

李清照于宋神宗元丰七年出生于一个官宦人家。父亲李格非进士出身,在朝为官,地位并不算低,是学者兼文学家,又是苏东坡的学生。母亲也是名门闺秀,善文学。这样的出身,在当时对一个女子来说是很可贵的。书香门第的家庭,再加上文学艺术的熏陶,又让她能够更深切细微地感知生活,体验美感。

官宦人家的千金小姐,享受着舒适的生活,并能得到一定的文化教育,这在千年的封建社会中是非常常见的。但令人惊奇的是,李清照并没有按照常规的成长途径,初识文字,娴熟针绣,然后就等待出嫁。她饱览了父亲的所有藏书，文学素养相当之高。她在驾驭诗词格律方面已经潇洒自如。而品评史实人物，却是大气如虹。

爱情是人生最美好的一章。它是一个渡口、一座桥梁，一个人将从这里出发，从少年走向青年，从父母温暖的翅膀下走向独立的人生，也会再迸发新的活力。

当李清照满载着闺中少女所能得到的一切幸福，步入爱河时，她的美好人生又更上一层楼，也为我们留下了一部爱情经典。她的爱情与一般人的爱情不同，而是起步甚高，一开始就跌在蜜罐里，就站在山顶上，就住进了水晶宫里。丈夫赵明诚是一位翩翩少年，两人又是文学知己，情投意合。赵明诚的父亲也在朝为官，两家门当户对。更难得的是他们二人除了一般文人诗词琴棋的雅兴外，还有更相投的事业结合点——金石研究。在不准自由恋爱，要完全听从父母意愿的封建时代，他俩能有这样的爱情结局，真是天赐良缘，百里挑一了。

但上天早就发现了李清照更博大的艺术才华。如果只让她这样轻松地写一点男欢女爱，中国历史、文学史将会从她的身边擦身而过，实在是太可惜了。于是新的人格考验、新的命题创作一起推到了李清照的面前。

宋王朝经过167年的和平繁荣之后，时局发生了转变，北方崛起了一个游牧民族。金人一锤砸烂了都城汴京(开封)的琼楼玉苑，还掠走了徽、钦二帝，赵宋王朝于公元1127年匆匆南逃，开始了中国历史上国家民族极其屈辱的一页。李清照在山东青州的爱巢也顷刻间化为乌有，一家人开始过着漂泊动荡的生活。南渡第二年，赵明诚被任命为京城建康的知府，不想就在这时发生了一件让国家蒙耻又让家庭蒙羞的事。一天深夜，城里发生叛乱，身为地方长官的赵明诚不是身先士卒指挥平定叛乱，而是偷偷逃走。事定之后，他被朝廷撤职。李清照这个柔弱女子，在这件事上却表现出大节大义，深为丈夫临阵脱逃而羞愧。赵被撤职后夫妇二人继续沿长江而上向江西方向流亡，当行至乌江镇时，李清照得知这就是当年项羽兵败自刎之处，不觉心潮起伏，面对浩浩江面，吟下了这首千古绝唱：

生当作人杰，

死亦为鬼雄。

至今思项羽，

不肯过江东。

赵明诚在听到这震撼人心的诗句时，心中泛起深深的自责。第二年赵明诚被召回京复职，但随即暴病而亡。

生命对人来说只有一次，那么爱情对一个人来说有几次呢？大概最美好的、最揪心彻骨的也只有一次。李清照本来是拥有美满爱情的，但上苍欲成其名，必先夺其情，苦其心。

《声声慢》这首词的上片，集中写愁苦难禁之状。作者一下笔就直抒胸臆，以抒情开篇的词并不罕见，但像这首词起笔便是"寻寻觅觅，冷冷清清，凄凄惨惨戚戚"三句连用七对叠字，将一种愁苦难堪之情，自胸腑中喷薄而出，立即强烈地震撼了读者的心弦。"寻寻觅觅"四字既包含了作者流亡以来不幸遭遇，又极准确、传神地表现出她在极度孤独中那种若失若有，茫无所措，要抓住一点什么的精神状态。后十个叠字既写环境又写情，将难以名状的复杂感情发展过程，由表及里、由浅入深地一层层写来，多么细腻曲折，十四个字一气而下，笼罩全篇，定下了感情基调，使以后逐次出现的景物，都染上浓重的感情色彩。接着，作者集中写孤独难耐之情。"这次第，怎一个愁字了得。"作者在最后收束以上几层可伤心之事，与开篇十四字上下呼应，终于点出一个"愁"字，感情的分量非常沉重，更妙的是：全篇写愁，末了却说，这情景用一个愁字怎么能说得尽呢？这样，在结尾一句又把词意推进一层，犹如异峰突起，遥指天外，使通篇余音袅袅，不绝如缕。

第七辑

言志抒情篇

托物言志是古诗词常用的形式之一，而抒情也是诗词创作的主要动因之一，在这些言志、抒情的词篇中，有的表现出对现实生活的无奈，有对当政者的不满和愤慨，也有对人生的真实感悟……总而言之，这些都是作者真实情感的流露，也是前人对世事、人生百态的看法，读之有益，有助于深悟其中的智慧和思想，有助于现实中指导自己的生活……

1 人世间情是何物

迈陂塘[①]
元好问

问世间情为何物？直教生死相许[②]。天南地北双飞客，老翅几回寒暑，欢乐趣，离别苦，就中更有痴儿女[③]。君应有语：渺万里层云，千山暮雪[④]，只影向谁去？　横汾路，寂寞当年箫鼓，荒烟依旧平楚[⑤]。招魂楚些何嗟及，山鬼暗啼风雨[⑥]。天也妒，未信与莺儿燕子俱黄土。千秋万古，为留待骚人，狂歌痛饮，来访雁丘处。

注释

①迈陂塘：即《摸鱼儿》，又名《山鬼谣》、《双蕖怨》等。

②直教句：直，竟。许，报答。

③就中句：就中，在这里面。痴儿女，以人喻雁。

④君应有语三句：君，指殉情之雁。渺，渺茫、辽阔的样子。暮雪，一作暮景。

⑤横汾路三句：横汾路，指葬雁之处。这里是以当日横渡汾河时游幸的盛况衬托今日的冷落。平楚，犹言平林远树，丛木叫楚。

⑥招魂二句：《招魂》、《山鬼》均为楚辞篇名。何嗟及，好嗟何及。山鬼，

山神。

译文

　　问人世间情是什么东西，它让人生死相伴。大雁秋南下而春北归，双飞双宿，形影不离，经寒冬，历酷暑，无论是团聚，还是离别都仿佛眼前，刻骨铭心，多像人间的那一对痴男怨女。殉情的雁，侥幸脱网后，想未来之路万里千山，层云暮雪，形孤影单，再无爱侣同趣共苦，生有何乐呢？（不如共赴黄泉）在孤雁长眠之处，当年汉武帝渡汾河祀汾阴的时候，箫鼓喧闹，棹歌四起；而今平林漠漠，荒烟如织，箫鼓声绝，一派萧索。死者不能复生，招魂无济于事，山鬼也枉自悲鸣。它的声名会惹起上天的忌妒，虽不能说重于泰山，也不能跟莺儿燕子之死一样同归黄土了事。它的美名将"千秋万古"，被后来的骚人歌咏传颂。人们会饮酒歌唱来拜访雁丘这个地方。

背景故事

　　元好问是宋代金国著名词人，字裕之，号遗山，为北朝魏代鲜卑贵族拓跋氏的后裔。出身于士大夫家庭，七岁能诗，十四岁拜著名学者郝天挺为师。金宣宗兴定五年，进士及第，官至尚书省左司员外郎。金亡不仕，回乡从事著述，有词集《遗山乐府》。元好问一生历经家国忧患，他的诗文冠绝金元两代，反映了金元之际的社会矛盾和人民的苦难。这首词是作者在金章宗时期所作，当时他到并州参加考试，在路途中遇到一个捕雁的人，捕雁者告诉他说：有两只大雁在这空中飞翔，一只落入捕网，被捕雁人所杀，另一只侥幸逃脱的大雁看到自己的同伴被杀，悲鸣着触地而亡，以此殉情。作者有感于大雁的痴情，从捕雁人的手中买下这两只死雁，把它们一起葬在并州汾水边上，还在石头上做了标记，称作"雁丘"。望着亡雁，有感于大雁的痴情，作者想起了一件事：不久前在东边的大名（今河北省大名县）发生了一件震惊远近的惨剧。一对青年男女，青梅竹马，两情相得，但他们的婚姻却遭到双方家庭的拼命反对。他们誓结连理，至死不渝，便悄悄地手拉着手投荷塘而殉情。两家见儿女失踪，便报官追查，但是找遍大名各地，不见踪影。后来一个种藕的人在当地的荷塘里发现了两具尸体，衣裙犹鲜，经双方家人辨认，正是他们的儿女。说来奇怪，这年夏天，荷塘中的荷花开放时，竟然全都是并蒂莲。人们都说并蒂莲是这对青年的精魄所化，一时间在大名一带传得沸沸扬扬的，一直传到元好问的家乡秀容……作者对人、雁的这种至情和命运十分感慨，于是写下了这首感人至深的词作。这首词借歌咏殉情的大雁，抒写了人间的真情至性。词的上片写大雁生死相许、生死相依的深挚情意。劈头一问，貌似问情为何物，实则是对大雁的赞许。然后回忆大雁昔日双飞双栖的甜蜜生活情景，虽然有过"离别苦"，但其中更有"欢乐趣"，在"几回寒暑"的漫长岁月里，它们像人间的痴情儿女一样缔造了生死与共的坚贞爱情。"君应有语"以下四句，以拟人化的手法，描写了殉情大雁的心理活动：你离我而去，面对渺远的"万里层云"和茫茫"千山暮雪"的艰难行程，我只身孤影，可向哪里飞去？形象地揭示了大雁殉情的缘由。

　　下片作者抒发凭吊殉情之雁的深沉感慨，并对大雁殉情的意义进行了热烈的礼赞。在雁丘坐落之处，当年汉武帝的箫鼓笙歌，早已成为绝响，现今只剩下平林漠漠，荒烟如织，渲染了一种凄楚冷落的艺术氛围。而大雁之死，连善于招魂的山神也无济于事，枉自在风雨中哀啼。大雁虽然不能死而复生，但它生死相许的深情却使上天也产生妒意，它不会像莺燕之类的鸟儿死后等闲地被黄土掩埋了事，它的真情必将流芳后世，赢得千年万古词人墨客的热情讴歌与礼赞。

2 周郎火烧赤壁

念奴娇·赤壁怀古①
苏轼

大江东去②,浪淘尽、千古风流人物③。故垒西边④,人道是、三国周郎赤壁⑤。乱石穿空⑥,惊涛拍岸,卷起千堆雪⑦。江山如画,一时多少豪杰!

遥想公瑾当年,小乔初嫁了⑧,雄姿英发⑨。羽扇纶巾⑩,谈笑间、樯橹灰飞烟灭⑪。故国神游⑫,多情应笑我,早生华发⑬。人间如梦,一尊还酹⑭江月。

注释

①赤壁:三国时著名的"赤壁之战"的战场,在今湖北蒲圻县西北,地处长江南岸。苏轼游览的则是黄冈赤壁。这里仅借"赤壁"一词以怀古抒情。

②大江:指长江。

③淘:冲洗。千古风流人物:历史上杰出的英雄人物。

④故垒:旧时营垒。

⑤人道是:人们传说是。周郎:周瑜,字公瑾。二十四岁就做吴国的中郎将,人称周郎。

⑥乱石穿空:形容峭壁耸入天空。

⑦千堆雪:形容很多白色的浪花。

⑧小乔:乔玄有两女,大乔嫁孙策,小乔嫁周瑜,都是美女。

⑨雄姿英发:气概非凡,才华外露。

⑩羽扇纶巾:鸟羽做的扇子,青丝绶的头巾。这句以儒将服饰,描写周

瑜的潇洒风度。

⑪ 这句写曹军战船遭火攻后被焚。

⑫ 故国神游：神往于赤壁这个历史上有名的地方。

⑬ 多情两句：意思是应笑我怀古虽多豪情，但自己的头发早已变成花白，不能有所作为了。

⑭ 酹：古代浇酒祭奠。

译文

滔滔的长江奔流不歇，千古风流人物被惊涛洗绝。人们都说，旧垒西边的赤壁，三国周瑜曾建伟业。峭壁直插云霄，怒涛拍击江岸，浪冲岸阻卷如抛，涌起千堆皑皑雪。锦绣河山美如画，当时涌现出多少豪杰！遥想当年周公瑾，初娶小乔年正少，雄姿英发展才略，言论见解更高超。持羽扇，戴纶巾，运筹帷幄，谈笑间，敌船灰飞烟灭。神游故国，世人应笑我多情，华发早生。人生如梦，还须洒酒祭奠江月。

背景故事

这首词是苏轼谪居黄州时所作，当时作者47岁，自觉功业无成，借怀古来抒发自己的情怀，词中所叙述的历史事件是我国历史上有名的赤壁之战。

汉建安十三年(208)，曹操写信给孙权，说："我奉天子之命，讨伐叛逆之臣，挥师南进，刘琮已经束手投降。现在，我统率水步军八十万人，准备与将军在吴地较量一番。"

孙权把这封书信给手下大臣看，他们全都大惊失色。

长史张昭等人说："曹操是豺狼虎豹一般的人，他挟持天子，征讨四方，动不动就说是朝廷的命令。如今我们若是抵抗，情形可能更加糟糕。何况将军所用来抵挡曹操的,靠的是长江天险。现在,曹操占据了荆州,刘表经营的水军,几千艘大小战船,已经由曹操接管。曹操让全部战船都顺流而下,再加上步兵,一齐前进。这样,长江天险已是曹操与我们所共有的了;而兵力方面,我们又不如他们。照这样看,还是应该投降曹操。"

只有鲁肃没有说话。孙权起身上厕所时,鲁肃也追到房檐下。孙权知道鲁肃有话要说,就握着他的手问:"你想说什么?"

鲁肃说:"刚才我考虑大家的建议,其实都是在贻误将军。如果我现在投降曹操,曹操当然会让我回乡。凭我的名声地位,总可以做个小官,出门可以乘牛车,带几个侍从,结交些士大夫,官做久了,慢慢地还能升到州郡一级。如果将军投降曹操,准备到哪里去安身呢?希望您赶紧决定,不要听从大家的建议。"

孙权叹气说:"这些人的话,太让我失望了。你所说的,正和我想的一样。"

周瑜当时奉命到鄱阳去,鲁肃劝孙权召他回来。周瑜回来后,对孙权分析了当前的形势:"现在北方还没有完全平定,马超、韩遂还驻守在函谷关以西,足以成为曹操的后患。曹操南来,舍弃鞍马,改乘舟船,到吴、越之地来一争高下,地利上丝毫不占便宜。现在又正值严寒,战马缺少草料,骑兵的战斗力要打一个折扣。曹操驱使中原的士兵远道而来,到江河湖泊众多的水乡来打仗,水土不服,一定会生病。这都是用兵的大忌,曹操却都贸然不顾。现在正是将军打败曹操的绝好时机,又怎么能错过呢?请让我率领几万精兵,进驻夏口,保证能为将军攻破曹贼。"

孙权说:"曹操老贼早就想废黜献帝篡位了,只是顾忌袁绍、袁术、吕布、刘表和我而已。现在,那几位英雄都被消灭,只剩下我了。我与老贼势不两立!你主张迎战曹操,正合我心意,是上天把你赐给我啊!"

当时群臣都在,孙权拔出佩刀,砍向面前的奏案,说:"不论武将文官,敢再说投降曹操的，就与这张奏案一样！"于是结束会议。

当天晚上，周瑜又去见孙权，说："大家只看到曹操信中说有军队八十万，慌乱恐惧，也不分析其中的虚实，就要投降曹操，真是太不像话了。

"现在我们根据实际情况分析一下。曹操率领的中原部队不过十五六万，而且经过长期征战，早已疲惫不堪；新近收编的刘表军队，顶多七八万人，而且士兵心里都还疑虑不安。一支疲惫的部队，再加一些疑虑不安的士兵，人数虽然多一点，但也并不值得害怕。我只需要五万精兵，就足以制服他们。请将军不必担忧！"

孙权拍着周瑜的背说："周公瑾，你这样说，正合我的心意。张昭、秦松他们只知顾念自己的妻子儿女，为自己考虑，让我很失望。只有你和鲁肃与我的看法相同，这一定是上天派你们两个人来帮助我。

"五万精兵，不容易一下子集结，我已经选了三万人，战船、粮草和武器也都准备好了。你和鲁肃、程普先率领军队出发，我继续调拨人马，运送物资粮草，作为你的后援。你若觉得能够打败曹操，就在战场上将问题解决；如果情况不妙，就先退回来，让我与曹操一决高下。"

于是，孙权任命周瑜、程普为左右二军统帅，带领军队与刘备联合，一起迎战曹操，任命鲁肃为赞军校尉，协助筹划战略。

刘备驻守在樊口，每天派人巡逻，在江边眺望，等候孙权的部队。巡逻的人看到周瑜的船队，立刻骑马报告刘备。

刘备派人前去犒劳，周瑜说："我有军务在身，不能委派别人。如果刘备能屈尊前来相会就好了。"

刘备听了，就乘一只小船去见周瑜，说："抵抗曹操，真是一个明智的选择。你们有多少兵力？"周瑜说："三万。"刘备说："可惜少了点。"周瑜说："这就足够了，您只需看着我击败曹操就可以了。"

刘备想要召鲁肃等来一起商议，周瑜说："他也有军务在身，不能随便委托给别人。如果您想见鲁肃，可以去他那里。"刘备很是惭愧，但心里也很高兴。

周瑜率军继续前进，在赤壁与曹军相遇。当时曹操的士兵中，已经有很多人因为水土不服而生病。第一次交锋，曹军失利，退到长江北岸。周瑜等人在长江南岸驻扎。

周瑜的部将黄盖说："现在敌众我寡，很难长时间相持。曹军现在把战船连在一起，首尾相连，用火攻可以打败他们。"于是选了十艘战船，装上干草和枯柴，在里边浇上油，外面用帐篷蒙起来，上边插着旌旗；另外准备了快艇，系在船尾。

黄盖派人送信给曹操，假装向他投降。当时东南风正急，黄盖把十艘战船排在最前面，到江心时升起船帆，其余的船也跟在后面。曹军官兵都走出军营张望，指着船说黄盖来投降了。

黄盖等离曹军的船还有二里多远时，下令把十艘战船同时点燃。着火的战船借着风势，像箭一样向前飞驶，把曹军船只全部烧光，火势还蔓延到陆地上的营寨。一时之间，火光冲天，曹军人马烧死和淹死的不计其数。

周瑜等人率领精锐骑兵随后进攻，战鼓声震天动地，大败曹军。曹操率领剩下的部队从华容道撤退，道路泥泞不通，又刮起大风。曹操让伤病残弱的士兵背负柴草，垫在路上，骑兵才得以通过。垫路的士兵被人马践踏，又死了很多。刘备、周瑜水陆并进，追击曹操，一直追到了南郡。

苏轼的这首被誉为"千古绝唱"的名作，是宋词中流传最广、影响最大的作品，也是豪放词最杰出的代表。此词开篇即景抒情，时越古今，地跨万里，把奔流不尽的大江与名高累世的历史人物联系起来，布置了一个极为广阔而悠久的空间、时间背景。接着"故垒"两句，点出这里是传说中的古赤壁战场，借怀古以抒感。紧接着作者写周郎活动的场所赤壁四周的景色，形声兼备，富于动感，以惊心动魄的奇伟景观，隐喻周瑜的非凡气概，并为众多英雄人物的出场渲染气氛，为下文的写人、抒情做好铺垫。上片重在写景，下片则由"遥想"领起五句，集中笔力塑造青年将领周瑜的形象。并用"小乔初嫁了"这一生活细节，以美人烘托英雄，更见出周瑜的丰姿潇洒、韶华似锦、年轻有为，足以令人艳羡；同时也使人联想到：赢得这次抗曹战争的胜利，乃是使东吴据有江东、发展胜利形势的保证。"雄姿英发，羽扇纶巾"，是从肖像仪态上描写周瑜装束儒雅，风度翩翩。词中只用"灰飞烟灭"四字，就将曹军的惨败情景形容殆尽。以下三句，由凭吊周郎而联想到作者自身，表达了词人壮志未酬的郁愤和感慨。"多情应笑我，早生华发"为倒装句，实为"应笑我多情，早生华发"。此句感慨身世，言生命短促，人生无常，深沉、痛切地发出了年华虚掷的悲叹。"人间如梦"，抑郁沉挫地表达了词人对坎坷身世的无限感慨。"一尊还酹江月"，借酒抒情，思接古今，感情沉郁，是全词余音袅袅的尾声。"酹"，即以酒洒地之意。这首词感慨古今，雄浑苍凉，大气磅礴，把人们带入江山如画、奇伟雄壮的景色和深邃无比的历史沉思中，唤起读者对人生的无限感慨和思索，融景物、人事感叹、哲理于一体，给人以震撼的艺术力量。

3 王安石之弟咏春言志

清平乐（留春不住）

王安国

留春不住，费尽莺儿语。满地残红宫锦污①，昨夜南园风雨。　　小怜初上琵琶②，晓来思绕天涯。不肯画堂朱户③，春风自在杨花。

注释

①满地残红宫锦污：言满地的落花败叶，像是把宫锦弄脏了一样。宫锦，古代专为宫廷织造的锦绢。

②小怜：北齐后主高纬宠妃冯淑妃的小字。此处代指歌女。初上琵琶：刚刚弹起的琵琶之声。

③不肯画堂朱户：不肯被豪门望族养在庭苑中。

译文

黄莺儿不停地鸣叫，也未能把春色留在人间。南园里的鲜花经过一夜的风雨，落英缤纷，好像是宫廷锦绣被弄得点点斑斑。歌女刚刚弹起琵琶，便引出我思绪万千。看那漫天飞舞的柳絮在春风中怡然自得，却不肯飘入画堂朱户的豪门大院。

背景故事

王安国是著名改革家王安石的弟弟，他和哥哥一样自幼苦学，后来做了秘书阁的校理之官。

王安国为人正直，从不依附别人，也不依靠哥哥的地位谋取私利。就是哥哥王安石推行新法时，他有自己的不同看法，也是常与哥哥争论，从不肯随意附和。

一次，王安国正在家中津津有味地吟读晏殊那首脍炙人口的《采桑子》：

时光只能催人老，不信多情，长恨离亭，泪滴春衫酒易醒。

梧桐昨夜西风急，淡月胧明，好梦频惊，何处高楼雁一声？

这首词写出了人生一种深沉的感慨。

王安国吟读着，觉得这首词音节响亮，情感深沉，犹如天际几声雁鸣。尽管是那样短促的数声，却如此悲凉凄切，盘旋回荡，读后使人心潮久久难以平静。吟读着它，真如饮一杯醇香的美酒，给人无穷的回味魅力。

王安石看到王安国读《采桑子》读得如醉如痴，便打趣地对他说：

"晏殊是朝廷的重臣，也填词取乐吗？"

言外之意是，有官职身份的人不应该去触及词这种"艳科"。

王安国听了哥哥的话，很不以为然，更为晏殊抱不平，因此便十分不客气地回敬了哥哥一句：难道填词就只是为了取乐吗？

这可以看出王安国不以为作词便有损于朝廷大臣的风度，相反，他倒觉得哥哥王安石有些过分固执了。

其实，王安国有些误解哥哥。因为王安石自己也填词，如他写的《桂枝香·金陵怀古》，不仅在当时广为人们传唱，使一时洛阳纸贵，而且还成为千古绝唱。

王安国在仕途上非常不顺利，朝廷不重用他，而且在不如意的官场生活中，终于被当朝的权贵吕惠卿——这个先是谄媚逢迎王安石，得势后又反过来陷害、排挤王安石的小人，借事加害，最后丢弃官职，被放归故里。

尽管受到这种打击，但他却对此漠然处之。他当时写下了一首《清平乐》词，便是他心境的最好证明。

这首词是一首咏春兼言志的小令。在词中，王安国写出了自己的志趣，那就是：轻视世俗的荣华富贵，追求自由自在的生活。那么昏庸险恶的官场怎么又能留住王安国呢？在此词中上片写惜花惜春的情意，首二句使用倒装法，强调留春不住的怅恨，不说人殷勤留春，而借"费尽莺儿语"委婉言之，别致有趣。作者以美丽的宫锦被污，比喻繁花在风雨中凋落，意象新鲜。下片忽地转入听琵琶的感受，于虚处传神，表现女子伤春念远的幽怨。末二句并非实咏杨花，而是承接上文喻琵琶女品格之高，借以自况。本词清新婉丽，曲折多致。

4 有志少年终圆梦

汉宫春（潇洒江梅）

李邴

潇洒江梅，向竹梢疏处，横两三枝。东君也不爱惜①，雪压霜欺。无情燕子，怕春寒、轻失花期。却是有、年年塞雁②，归来曾见开时。　　清浅小溪如练③，问玉堂何似④，茅舍疏篱？伤心故人去后⑤，冷落新诗。微云淡月，对江天、分付他谁？空自忆、清香未减，风流不在人知。

注释

①东君：传说中的司春之神。
②塞雁：塞北南归的大雁。
③练：白色的丝绢。
④玉堂：豪门贵族家的厅堂。
⑤故人：指北宋初年诗人林逋。

译文

潇潇洒洒的江边红梅，向着竹梢稀疏之处，横斜地伸出两三枝。春神对它并无怜惜之意，任凭它枝头雪压霜欺。连那无情的燕子也因害怕春寒，轻易地错过梅花绽放的佳期。只有塞上鸿雁，年年北归时能见到梅花满枝。潺潺的流水清澈如绢，敢问豪富之家，怎比得茅屋疏篱的庭院，梅花在这里更显幽姿。令人伤心的是，自从林处士故去，再没有人写出令人叹赏的咏梅新诗。云层淡淡，月色蒙蒙，面对如此江天，江梅的孤高还有谁知？这些话不过是自己的想象，那梅花的清香并没有减退，风流雅韵，并不在乎有没有人相知。

背景故事

　　生活在南北宋之交的李邴，他少年早熟，不但勤苦读书，而且他有着非凡的志向，要为国家出力献策。徽宗崇宁五年李邴业已顺利考取进士，但此时的他却还没能做上颇为满意的官职。

　　可是当时有人见到他便会有意无意地问："李邴，你怎么会有'问玉堂何似，茅舍疏篱'的感觉呢？玉堂可就是翰林院这清贵之地呀，看来您是已做好当翰林学士的准备了？当然，您这可真是绝妙之句啊！"而李邴听到后也总是乐呵呵地笑着回答对方，"哦，是吗？"应该说，李邴心里对此也是颇为快意的，因为这语句就出自他的少年得意词作《汉宫春》。

　　但只是李邴许久也没有得到迁调官职的好运，而且到徽宗政和年间，他还赶上了家中父母亲相继病故的哀伤之事。作为孝子，他得回山东老家守礼戴孝。等到李邴重新回到朝廷时，已经受到冷落了。于是，他不由感到一阵莫名的孤独和寂寞。

　　正在此时，跟他曾为同官舍的王黼却已升任到丞相这一令人羡慕的职位。王在获悉李已回京，却还没有落实有关任职政策时，遂派人邀请李到他家里做客。为此，李邴也就去拜访了。席间，王黼把他所有的美姬尽行叫出来唱歌跳舞，以便喝酒助兴。此时，原本心情极度不佳的李邴忽然间听到了一曲特别熟悉的歌声，那不就是自己的词作《汉宫春》嘛！李邴当即兴高采烈地举杯跟王黼碰了又碰，干了又干，双方一直饮到大醉，李方辞归。

原来，丞相王黼也很是欣赏李邴这首《汉宫春》词，现在见自己有能力提拔李邴一把了，便特意令人在宴席上歌唱起以李词谱成的歌，这无疑使李邴深为感动。

没有多长时间，李邴就被任命为翰林学士。此后他还因善于出谋划策，在苗傅、刘正彦造反时，他一边以言辞剖明利害祸福关系，一边使殿帅王元等做好击败反贼的准备。再就是他后来出任参知政事，并授资政殿学士等，终于圆了他少年时期就要直入玉堂主持工作的好梦。

5 咏梅以言志

卜算子（咏梅）

陆游

驿外断桥边①，寂寞开无主②。已是黄昏独自愁，更着风和雨③。无意苦争春，一任群芳妒。零落成泥碾作尘④，只有香如故。

注释

①驿：驿站，古代官道上设置的供行人休憩的客栈。

②无主：指没有人观赏和培护。

③着：经受，遭受。

④碾作尘：指驿边梅花飘落于路，被往来的车辆碾成了尘土。

译文

驿站旁的断桥边,一枝梅花独自绽放,无人爱惜。已到了黄昏时分,她还在独自感伤,更何况凄风苦雨击打着花枝。她无心与百花争奇斗艳,任凭百花嘲笑妒忌。纵然是落花片片被碾成尘土,那幽香也会长存不息。

背景故事

公元 1162 年,宋孝宗起用了抗金老将张浚为右丞相,都督江淮路军马,对女真侵略者形成了强大的威慑力量。这时,陆游受命起草了两个重要文件,准备在外交上联络西夏,争取协助,共同抗金。陆游深以能够参与抗战的机要工作为荣,一心要打退敌军,恢复中原。

不幸的是,抗战失利了,主和派又抬头了。宋孝宗起用秦桧余党汤思退为丞相。陆游在朝廷上也日益处于不利的地位。不久,就被调任建康通判,又改调镇江通判。这时恰逢张浚巡视江、淮,来到镇江。他们在一起计划着如何重整武备,进行反攻,以期报仇雪耻。这时,张浚掌有山东、淮北忠义军一万二千人,驻守泗州。金人听到这个消息,立刻下令撤兵。只要当时的朝廷坚持抗战,事情是大有可为的。可是孝宗于隆兴二年(1164)四月,撤销了江淮都督府,罢免了张浚,正式与金人签订了"隆兴和议"。

签订和议的第二年,陆游被调到离前线更远的隆兴(今江西南昌)任通判。不久,又假罪"交结台谏,鼓唱是非,力说张浚用兵",而免除了他的职务。

陆游回到故乡山阴寂寞地度过了四个年头。直到乾道五年,朝廷才勉强给他一个夔州通判的职务。这时,陆游已经四十五岁,因久病不能赴任。第二年,他才携家眷开始了西行万里的远游。

赴任途中的一天黄昏,陆游走出驿站散步。寒冬的冷风阵阵吹来,滴滴小雨随风洒落，泥泞的路上行人稀少。他本想在广阔的空间里透透心中的郁闷，谁知凄风冷雨更增添了他的忧愁。他慢慢往前走，往事一一涌上心头：科举第一，云程在即，却被秦桧所害，断送了无限风光；精忠报国，诚心劝谏，换来了诽谤和诬陷；国家风雨飘摇，自己流落他乡……走到断桥边上，忽见昏暗中几株梅花傲然绽放在桥边。脚下的落花静静地铺在地上，尽管人踏车碾化作尘泥，依然散发着馥郁的清香。

看到梅花，陆游心有所感，于是挥笔写下了这首《卜算子》词。

词的上半阕着力渲染梅的落寞凄清、饱受风雨之苦的情形。"驿外断桥边"是双层的荒凉之地，"驿外"之梅是无主的野梅，无人照看与护理，其生死荣枯全凭自己。"断桥"已失去沟通两岸的功能，唯有断烂木石，更是人迹罕至之处。由于这些原因，它只能"寂寞开无主"了，"无主"既指无人照管，又指梅花无人赏识，不得与人亲近交流而只能孤芳自赏，独自走完自己的生命历程而已。"已是黄昏独自愁"是拟人手法，写梅花的精神状态，身处荒僻之境的野梅，虽无人栽培，无人关心，但它凭借自己顽强的生命力也终于长成开花了。可是，野梅为何又偏在黄昏时分独自愁呢？因为白天，它尚残存着一线被人发现的幻想，而一到黄昏，这些微的幻想也彻底破灭了；不仅如此，黄昏又是阴阳交替，气温转冷而易生风雨的时辰。所以，除了心灵的痛苦之外，还要有肢体上的折磨，"更着风和雨"。这内外交困、身心俱损的情形将梅花之不幸推到了极处，野梅的遭遇也是作者以往人生的写照，倾注了词人的心血！

下半阕写梅花的灵魂及生死观。梅花生在世上，无意于炫耀自己的花容月貌，也不肯媚俗与招蜂引蝶，所以在时间上躲得远远的，既不与争奇斗妍的百花争夺春色，也不与菊花分享秋光，而是孤独地在冰天雪地里开放。即使花落了，化成泥土了，轧成尘埃了，其品格就像它的香气一样永驻人间。这精神正是词人回首往事不知悔、奋勇向前不动摇的人格宣言！"群芳"在这里代指"主和派"小人。社会现实正是如此，在腐败的政权下，"持身正大"比做贪官污吏要困难得多，陆游因"喜论恢复"而屡遭罢黜，至死也未实现自己的理想，他无意于功名富贵却始终不泯"为国戍轮台"之思，其爱国情操、高风亮节，像梅花"质本洁来还洁去"一样，谱写出了时代的正气歌。

6 繁华背后的孤独

青玉案（元夕）

辛弃疾

东风夜放花千树①，更吹落，星如雨②。宝马雕车香满路③，凤箫声动④，玉壶光转⑤，一夜鱼龙舞⑥。　蛾儿雪柳黄金缕⑦，笑语盈盈暗香去⑧。众里寻他千百度，蓦然回首，那人却在，灯火阑珊处⑨。

注释

①花千树：形容花灯极多，如同千树万树都开满了鲜花。

②星如雨：指焰火好像陨落的流星雨。

③宝马雕车：指元夜观灯的仕女都乘坐着宝马香车。

④凤箫：排箫。此箫用数枝竹管依其长短排列而成，形状像凤凰的翅膀，故称凤箫。

⑤玉壶：喻月亮。

⑥鱼龙舞：指鱼形、龙形的彩灯在风中飘动，如在起舞。
⑦蛾儿雪柳：古时妇女在元宵节观灯时戴在头上的饰物。黄金缕：指用金线加以装饰。
⑧暗香：指女子行经处散发出的幽香。
⑨阑珊：稀稀落落的样子。

译文

满街花灯就好像东风在一夜间吹开了数千朵树上的花朵，冲天的焰火又好像天上陨石纷纷坠落。骏马香车上所带的香气飘满了一路。箫声如凤鸣悠然而起，一轮明月在空中缓缓移动，这一夜各种鱼形的龙形的彩灯在风中飘舞不停。

女子们头上插戴着各种装饰物，欢声笑语相携而去，她们走过的地方，留下阵阵香气。我在众人中千百次地寻觅她的身影，无意中回过头来，原来她正站在那灯火稀稀落落的地方。

背景故事

那是一个美丽而热闹的元宵夜晚。古代的妇女没有今天的妇女那样自由，平常日子她们不太可能抛头露面，而在元宵节的晚上却是一个例外。因此无论是有钱人家的妇女还是普通人家的妇女都会很珍惜元宵节的难得的自由，把她们最漂亮的一面在这难得的日子里展示出来。对她们来说，元宵节是赏花灯的浪漫夜晚，也是比赛漂亮的夜晚。天才擦黑，花灯市上就开始挂上了各种各样的花灯，满挂在树上，就像早春东风来了吹醒的百花，一夜之间绽放开了。满天的焰火像天上闪闪发亮的星星被风吹落到人间。市民们都从家里出来观赏花灯，到处人山人海。女人们精心地梳妆打扮，头发上扎上缀着金丝的白色绸带，还扎成一个个漂亮的蛾儿形状，在花灯下闪闪发亮，与花灯融成一片，分不清是花灯还是人。那微微翘起的绸带随着她们轻盈的步伐轻轻晃动，别有一番韵味。她们脸上、身上扑满了香粉，有钱人家的贵妇坐着雕着花纹的车子来了，那香味儿就从雕着花纹的车子的帷幄里飘送出来，使人心醉神迷。在街上成群结队走着的妇女们兴高采烈地谈笑，指东道西，漂亮的衣服和头上闪闪发亮的绸带也在花灯下晃动着。在人山人海的街上还有吹箫卖艺的人，时高时低的箫声，使得整个街市更加热闹。

辛弃疾也和别人一样出现在花灯市上。落寞的他正在欢声笑语中，睁大眼睛，在人山人海中寻找自己的意中人，可是没有；在晃动的缀着金色的绸带中分辨自己的意中人，还是没有；在一浪一浪的笑声中寻找自己的意中人，还是没有。他是多么失望啊！在不远处，还有人舞花灯、舞龙，都围满了人，叫喊呼好声不断传来。辛弃疾睁大眼睛寻找意中人，还是没有。

慢慢地，月亮西沉，夜更深了，元宵的热闹就要结束了。舞龙队伍收起了龙，围观的人逐渐散去。吹箫卖艺的人也回家了，悠扬的箫声在风中消失了。树上挂着的花灯似乎也要睡着了似的，一明一灭地在风中晃荡。贵妇们坐着美丽的车子陆续从街上消失了，普通人家的妇女们的笑语声也慢慢地消失了，只有风中还留着她们身上的香气。慢慢地，街上一片寂静与冷清，只有几盏还没有灭的花灯孤独地挂在树梢上。辛弃疾落寞而失望地正想离开。突然，他眼前一亮，街的拐角处，灯火稀疏的地方站着的姑娘，那似曾相识的脸庞，脸上没有做任何的涂抹，头上也没有任何的装饰品，正娴静地看着自己。她是那样的冰清玉洁，那样的与众不同，那样的孤芳自赏，辛弃疾怦然心动，这不正是自己夜思日想、苦苦寻找的意中人吗？原来自己苦苦地在热闹的人丛中寻找，她却在这无人的寂静角落，在灯火阑珊的地方啊！回去之后，作者便以自己的所见所感写了这首《青玉案》。

全词着力描写了正月十五元宵节观灯的热闹景象。先写灯会的壮观，东风吹落了满天施放的焰火，像天空里的流星雨。接写观众之多，前来看花灯的人，男的骑着高头大马，女的乘着雕花豪华车，男男女女衣服熏了香，怀里揣着香袋，过路的人多了，连路也是香的。这是从各个角度描写场面之热闹。凤箫声韵悠扬，明月清光流转，整夜里鱼龙灯盏随风飘舞。姑娘们打扮得花枝招展，头戴蛾儿、雪柳，身缀金黄色丝缕，在灯光照耀下，银光闪闪，金光铄铄，她们成群结队，欢声笑语，眼波流盼，巧笑盈盈，幽香四溢地从人们身旁走过。"元夕"的热闹与欢乐占全词十二句中七句。"众里"一句始出现主人公活动。"那人"赏灯却不是"宝马雕车"，也不在"笑语盈盈"列中，她远离众人，遗世独立，久寻不着，原来竟独在"灯火阑珊处"。全词用的是对比和以宾衬主的手法，烘云托月地推出这位超俗的女子形象：孤高幽独、淡泊自持、自甘寂寞、不同流俗。这不正是作者自己的写照吗？

7 悬梁刺股，追求成功

水调歌头（舟次扬州[①]，和杨济翁、周显先韵[②]）

辛弃疾

落日塞尘起[③]，胡骑猎清秋[④]。汉家组练十万，列舰耸层楼[⑤]。谁道投鞭飞渡，忆昔鸣骨高血污，风雨佛狸愁[⑥]。季子正年少，匹马黑貂裘[⑦]。今老矣，搔白首，过扬州[⑧]。倦游欲去江上，手种橘千头[⑨]。二客东南名胜，万卷诗书事业,尝试与君谋⑩:莫射南山虎,直觅富民侯⑪。

注释

①次:停留。扬州:即今江苏扬州市。

②和韵:依照别人作品之韵填词。杨济翁:名炎正。他主张抗战,曾在《水调歌头》词中说:"忽留然,成感慨,望神州。可怜报国无路,空白一分头。"周显先:未详。

③塞尘起:指边塞发生了战争。尘,骑兵奔驰扬起的尘土。

④胡骑:指我国北方少数民族统治者的军队。猎:侵扰,这里指金主完颜亮1161年南侵。清秋:凉爽的秋天。

⑤"汉家"二句:赞美宋军的威武雄壮。组练,"组甲被练"的简称,是古代军士所穿的两种衣甲,引申指精壮的军队。列舰耸层楼,江中兵舰如耸立的高楼,列阵以待。

⑥"谁道"三句:谁说可以投鞭断流肆意南侵?完颜亮气焰何等嚣张,结果也没有好下场。投鞭,用苻坚的狂言。鸣骨高,即鸣镝,响箭。血污,指被杀死。用的是匈奴单于头曼死于非命的史实。佛狸,后魏太武帝拓跋焘小字。这里用来影射金主完颜亮在1161年南侵失败,被部下所杀。

⑦"季子"二句:自己当年像季子一样年轻,对于事业也有一股锐气。季子,战国苏秦的表字。黑貂裘,苏秦游说时所穿的黑貂皮袍子。

⑧"今老矣"三句:现在抗金志愿还没有实现,经过扬州这个当年战斗之地,而我却已经老了。

⑨"倦游"二句:懒得再去做官,要去过隐居生活。倦游,倦于宦游,不想做官。手种橘千头,指稳居,源于《襄阳记》李衡的故事。

⑩"二客"三句：你们两人（指杨济翁、周显先）是东南一带的名士，饱有才学，想做一番事业，我试着给你们出个主意吧。名胜，这里指名流。

⑪"莫射"二句：算了吧，不要再搞军事，还是去当一个安居乐业的富民侯吧！富民侯，《汉书·食货志》："武帝末年悔征伐之事，乃封丞相为富民侯。"

译文

落日映照战火的烟尘，完颜亮从扬州南侵在清秋季节。十万精兵严阵以待，战舰列阵有如高楼。谁说投鞭断流可南侵，气焰嚣张的完颜亮一命呜呼。自己当年像苏秦一样年轻，英姿勃勃志气豪迈。如今白发衰颜，面对当年鏖战过的扬州，无限感慨搔白首。我已厌倦官场生活，莫如隐居更自由。你们二位是欲成大业的名士，胸中有万卷诗书，在这无所作为的时代，奉劝你们莫搞军事只当富民侯。

背景故事

宋孝宗淳熙五年（1178），辛弃疾出任湖北转运副使，途经扬州时，触景生情，追忆了十八年前金主完颜亮大举南侵、兵败身死的历史，联想起自己南渡抗金的战斗生活，感慨万千，写了这首词。作者把自己比作苏秦，表现了自己的志向。关于苏秦流传着他悬梁刺股的故事。

战国时期，各国为争夺领土彼此征战，强大的国家有魏、齐、秦三国，其他小国则依附在大国之间以求自保。在这种形势下，不论强国还是弱国都纷纷寻找自己的盟友，"合纵连横"运动便应运而生了。

"合纵"，就是几个弱小的国家联合起来抵抗秦（或齐）国的兼并。

"连横",就是一个强国强迫弱国帮助自己进行兼并。

苏秦是洛阳人(今河南洛阳市),他与庞涓、孙膑,还有张仪,一同当过鬼谷子的学生,学习过兵法。

苏秦家里很穷,有父母、兄嫂、妻子、两个弟弟,一大家人都务农。苏秦学习归来后想求个一官半职,就去求见周显王,当时有名无权的周天子就住在洛阳城。周显王见苏秦聪明伶俐,能说会道,倒是有点想留下他,可左右的官员们嫌苏秦出身贫贱,瞧不起他,谁也不肯说他的好话,苏秦只好悻悻离开了。

不久,苏秦又去了秦国,他想:秦孝公曾贴榜求贤,秦国一定是个重人才的地方。谁知即位不久的秦惠王刚刚杀了商鞅,对外来的说客都存有戒心。苏秦对秦惠王说,他愿意献计献策,为大王称霸天下效劳。秦惠王却回答说:"感谢苏先生不远千里登门指教,只是秦国力量还不雄厚,还得准备上几年。等寡人准备好了,再请教先生吧。"

秦惠王的话犹如浇了苏秦一盆冷水,然而他仍不死心,住在小客栈里,天天挥笔疾书,为秦国用武力统一天下出谋划策。苏秦一连十次向秦王上奏章,可秦王始终不理睬。

苏秦在秦国一住就住了两年,身上的衣裳都穿破了,钱也用光了,只好灰溜溜地回家去。

一路上他穿着草鞋,打着绑腿,挑着行李,晓行夜宿,忍饥挨饿。等到了家,他又黑又瘦,面容憔悴,像个要饭花子。他惭愧地低着头站在门口。外出两年,钱都用光了,也没弄出个名堂来,还有何面目进家门呢?

见苏秦这样狼狈而归,父母背过脸去不和他说话;妻子正在织布,"吧嗒""吧嗒"推着梭子,根本不肯下机来迎接他。嫂子也不给他做饭。

遭到家人的冷眼，苏秦很伤心，他唉声叹气地说："妻子不把我当作丈夫，嫂嫂不把我当做小叔，父母不把我当做儿子，这都怪我没本事啊！"

家人和邻居都嘲笑他，说他不去经商赚钱，养家糊口，反而以搬弄口舌为业，遭穷受苦，那是活该！

苏秦听了这些话，心里很惭愧。他决心发愤学习，相信只要学识渊博了，有了大本事，秦国不用他自有用他的地方。他翻箱倒柜，把所有的书都拿了出来，还特地找出了鬼谷子老师赠送的姜子牙的兵书《阴符》，从此闭门不出，埋头苦读。

苏秦日日挑灯夜读，瞌睡了就用冷水浇浇头，再读。到后来，冷水浇头不管用了，他就拿把锥子放在身边，一打瞌睡，就用锥子猛刺自己的大腿，刺得血流如注，痛得清醒了，再继续读书。

时间一长，光刺股也不行了，他就用一根绳子，一头把自己的头发拴起来，一头吊在梁上。低头一打盹，头上的绳子就猛地一拽，把他拽醒，他再接着读书。

苏秦凭着这种悬梁刺股的刻苦精神，一年多就把所有的书通读了一遍，姜太公的兵书更是背得滚瓜烂熟，他从中找出了许多揣摩国君心意的诀窍。他还记熟了各国的政治、经济、军事、地形、物产等情况。

这一下，苏秦认为有了游说各国的本钱了，就对弟弟们说："我学习兵法已经成功，天下的富贵只要我一伸手就有人送来。二位弟弟如能凑点路费给我，让我去游说列国，等我大功告成，一定十倍、百倍地奉还。"

弟弟们被他说服了，想办法凑了些路费给他。苏秦又上路了。

公元前333年，苏秦首先到了赵国。当时赵国的国君是赵肃侯，相国是赵肃侯的弟弟奉阳君。奉阳君很不喜欢苏秦。

苏秦只好北上来到燕国。他在燕国等了一年多，都没能见到燕文公。苏秦十分焦急，一天，趁燕文公出宫游玩，苏秦一下趴在路上，拦车求见。

燕文公听说他是苏秦，非常高兴，用车载着苏秦回到宫中，对他说："听说先生过去给秦王献策，道理讲得很透彻。今天有缘相见，请先生多多指教。"

苏秦开门见山地对燕文公说："这些年来，燕国的人民安居乐业，没有受到战争的骚扰，大王您也没有损兵折将的忧愁。这一点，哪个国家也比不上您，大王明白是什么缘故吗？"

燕文公摇摇头，说："不知道。"

苏秦说："燕国之所以没有受到秦国的侵犯，是因为燕国南边有赵国这座天然屏障。秦国与赵国已开过五次战，二胜三负。秦赵两国互相杀戮，双方筋疲力尽，燕国才能躲在背后平安无事。所以燕国不必害怕秦国。秦国如果出兵攻打燕国，必须途经赵国，而且战线过长，即使攻下了城池，也不能长期占领。但赵国如果攻打燕国，10天就能打到燕国都城，或说秦国打燕国是千里之外的事，赵国打燕国是百里之内的事。大王如果不担心百里以内的祸患，而去注重千里之外的战事，策略上就犯了大错误。所以我建议燕国和赵国合纵亲善，那么燕国就再没有什么可担忧的了。"

燕文公听了连连点头，说："感谢先生指教，寡人愿意同赵国结为友好，一切听从先生的安排。"

燕文公让苏秦带了许多车马、金银布帛，去赵国活动结好之事。

赵肃侯听说苏秦带了重礼求见，亲自带领百官出宫迎接。此时奉阳君已死。

苏秦对赵肃侯说："小民私下替大王考虑，要想保国就必须安民，而安民在于择友。把握形势，选择朋友，搞好外交，当前对赵国来说，这些是至关重要的。请允许我分析一下赵国的外交问题。假如齐、秦两个大国都成为赵国的敌人，赵国的人民就不会有安宁的日子了；同样，如果秦齐两国开战，赵国人民仍旧不会得到安宁。假如赵国跟秦国合作，那么秦国必定会削弱韩、魏两国；如果赵国与齐国联手，齐国必将削弱楚、魏两国。魏国削弱，必将威胁到接壤的赵国；楚国削弱，赵国就失去了援助自己的力量。所以这几种结果都不可取。现在，赵国是山东一带最强大的国家，在秦国眼中，赵国对自己的威胁最大，秦国视赵国为劲敌。但为什么秦国不敢发兵攻打赵国呢？是害怕韩国、魏国在后面暗算他。这样说来，韩、魏两国也算得上是赵国南方的屏障。因此，要想保全赵国，首先必须保证韩、魏两国不向秦国屈服称臣。"

苏秦歇了口气，继续说："小民私下推算，各诸侯国家的土地合在一起五倍于秦国，军队合在一起，更是十倍于秦国。如果六个国家结成一个整体，合力向西攻打秦国，秦国必定大败。现在大王您却迫于强秦的压力，向秦国割地称臣，这实在是失策的。打败别人和被别人打败，叫别人向自己称臣和自己向别人称臣，这两者难道是可以同日而语的吗？"

赵肃侯沮丧地听着。苏秦继续说："天下人对大王的品德没有不赞扬的，都称大王是能抛弃谗言，决断疑难的贤明君主，所以小民可以把忠言向您倾诉。我悄悄为您谋划，不如让韩、魏、齐、楚、燕、赵六国合纵亲善，共同反抗秦国。由赵国发起，邀请各国国君在洹水（水名，在今河南省，又名安阳河）边举行盟会，交换人质，宰杀白马，宣读盟誓，就说：不论秦国出兵攻打哪一个国家，其他五国都要出兵援救。盟国中如有不按盟约办事的，其余五国可派军队共同讨伐。这样，秦国的军队一定不敢走出函谷关，大王的霸业就一定能成功。大王，您看如何？"

赵肃侯越听越高兴，他霍地站起身来，激动地在大殿上踱起了步子，然后恭恭敬敬地对苏秦拱了拱手，说："寡人年轻，即位时间短，还没有听到过这样使赵国长治久安的谋略。您真是一位尊贵的客人啊，一心一意保全我们赵国，安定诸侯各国。我十分愿意把我的国家托付给您，听从您的安排。"

赵王给了苏秦100辆车，1000镒黄金，白璧100双，锦绣1000匹，让他去游说各国诸侯缔约合纵。

苏秦经过一番努力终于游说六国成功，六国一致推举苏秦为"约纵长"，总管六国军民，苏秦至此走向了成功。

8

第八辑

杂咏篇

词人创作有时候是兴之所至,灵感来时,随即赋上一曲以抒怀,表达自己此时的心绪,词人有时月下赏景,浮想联翩,穿越时空,也就有了怀古咏史的词作;登高望远,一览天下,一时雄心壮志涌起,也便产生了豪放抒情的佳句,这些词作不拘泥于传统的创作风格,完全是词随心动,心所想之处即是笔下文字所及之处,凡此种种,不一而足,故暂时命其为杂咏之作。

1 五十首词难敌三句佳作

醉花阴

李清照

薄雾浓云愁永昼①,瑞脑消金兽②。佳节又重阳,玉枕纱厨③,半夜凉初透。　东篱把酒黄昏后④,有暗香盈袖。莫道不消魂,帘卷西风,人比黄花瘦⑤。

注释

①永昼:漫长的白天。

②瑞脑:即龙脑香,一种名贵的香。金兽:兽形的铜制香炉。

③纱厨:纱帐。旧日卧床上都有淡绿色的纱制幔帐,称为纱厨或碧纱厨。

④东篱:此处指菊圃。

⑤黄花:金黄色的菊花。

译文

轻轻的雾气和浓浓的阴云布满天空,真让人为这漫长的白日发愁。龙脑香在炉中已经燃尽,一天却还没有熬到尽头。明天又逢到重阳佳节,而我却独居纱帐,斜靠玉枕,深夜中的凉风将全身吹透。

黄昏后我来到菊圃看花饮酒，菊花的幽香袭进了两袖。且莫说如此良辰不会令人伤神，秋风吹进卷起的门帘，帘内的人儿比菊花还要消瘦。

背景故事

北宋时期重阳节这天，在山东青州一个大户人家的屋内，一个穿戴朴素的少妇独坐在屋堂内，堂内四壁都放满了书，这位少妇翻翻桌上的书，她觉得无情无绪，度日如年。

原来，这位少妇便是当时有名的女词人李清照。由于蔡京集团的排挤，她的丈夫赵明诚于大观二年被罢官，他们夫妻两人由京师汴梁回到故居青州，一住就是十二年，一直到今年赵明诚才被起用为莱州知州。没有随丈夫去莱州，一个人独居乡里，适逢重阳佳节，她怎能不思念在外的丈夫呢？

漫长的白昼好容易过去了，黄昏时分，李清照在庭院中的菊圃旁小饮了几杯酒以排遣相思之情，没想到以酒浇愁愁更愁，相思之情反而更加浓烈。回到室内，她的袖子里沾满了菊香，她又想起去年重阳节夫妻二人赏菊饮酒的情况。一阵西风吹来，竹帘飘起，李清照看着窗外庭院中黄色的菊花，觉得自己比黄菊还要消瘦。夜晚躺在床上，辗转无眠，直到夜半，一丝凉意透过纱帐，直钻到李清照的心里，她感到更加凄凉孤独。于是起身，燃起蜡烛，一首《醉花阴·九日》便从她的心中直泄而出：

薄雾浓云愁永昼，瑞脑消金兽。佳节又重阳，玉枕纱厨，半夜凉初透。

东篱把酒黄昏后，有暗香盈袖。莫道不消魂，帘卷西风，人比黄花瘦。

第二天，李清照即将这首词作为书信，派人送到莱州。赵明诚见到这首词后又是欣喜，又是惊叹，更自愧不如。当年，他们刚从汴梁回青州老家时，夫妻俩每逢饭后便在屋中作猜书的游戏，赢者先饮茶。每次明诚从书橱中随便抽出一本书来，读上一段，李清照即能说出这是哪来书，而明诚却常常出差错，所以饮茶总是李清照当先。这次他下决心要写一首好词，胜过妻子。

于是闭门谢客，废寝忘食，苦苦思考了三天三夜，他写了五十首《醉花阴》。明诚把自己的词作与李清照的词作混杂到一起，让自己的好友陆德夫评价。陆德夫品味再三，说："只有三句称得上是最好的句子。"明诚连忙追问，陆德夫回答道："莫道不消魂，帘卷西风，人比黄花瘦。"正是李清照那首《醉花阴》中的警句。

李清照的这首《醉花阴》抒发的是重阳佳节思念丈夫的心情。

词的开头，描写一系列美好的景物，美好的环境。"薄雾浓云"是比喻香炉出来的香烟。可是香雾迷蒙反而使人发愁，觉得白天的时间是那样长。这里已经点出她虽然处在舒适的环境中，但是心中仍有愁闷。"佳节又重阳"三句，点出时间是凉爽的秋夜。"纱厨"是室内的精致装置，在镂空的木隔断上糊以碧纱或彩绘。下片开头两句写重阳对酒赏菊。"人比黄花瘦"的"黄花"，指菊花。从开头到此，都是写好环境、好光景：有"金兽焚香"，有"玉枕纱厨"，并且对酒赏花，这正是他们青年夫妻在重阳佳节共度的好环境。然而现在夫妻离别，因而这佳节美景反而勾引起人的离愁别恨。全首词只是写美好环境中的愁闷心情，突出这些美好的景物的描写，目的是加强刻画她的离愁。

在末了三句里，"人比黄花瘦"一句是警句。作者在这个结句的前面，先用一句"莫道不消魂"带动宕语气的句子作引，再加一句写动态的"帘卷西风"，这以后，才拿出"人比黄花瘦"警句来。三句联成一气，前面两句环绕后面一句，起到绿叶衬红花的作用。这首词末了一个"瘦"字，归结全首词的情意，上面种种景物描写，都是为了表达这点精神，因而它确实称得上是"词眼"。

2 关于欧阳修的文坛公案

朝中措

欧阳修

平山阑槛倚晴空①,山色有无中②。手种堂前垂柳③,别来几度春风。文章太守,挥毫万字,一饮千钟。行乐直须年少,尊前看取衰翁④。

注释

①平山:即平山堂,欧阳修建。山与堂平,故名。
②此句出自王维《汉江临眺》:"江流天地外,山色有无中。"
③垂柳:在平山堂前,欧阳文忠公手植柳一株,谓之"欧公柳"。
④衰翁:欧阳修自称。

译文

想当年,凭倚着平山堂的直栏横槛眺望万里晴空,那远处的山色若隐若现,苍茫迷蒙。我亲手栽下的那株垂柳,分别以后又经历了几度春风?太守文章有卢名,濡墨挥毫,洋洋万言堪称雄,又善喝酒,一饮千钟,行乐要趁年少,看我这个衰老之翁也满怀豪情。

背景故事

欧阳修是唐宋八大家之一,是北宋时期著名的词人,在他到扬州当知州的时候,他在瘦西湖旁边的蜀冈上,建了一座平山堂。说起这个名字,还有些讲究。原来坐在堂里,南望江对面的几座山,都恰好与堂的栏杆持平,所以欧阳修称它为平山堂。

在平山堂竣工时,欧阳修又在堂前的平台上亲手种植了一棵柳树,出于对这位文坛大家的敬意,后人都称此柳为"欧公柳"。

欧阳修非常喜欢这里,经常在此赏景。

后来欧阳修调离扬州,他的好友刘原甫接任他的职务,于是,他备下酒菜为刘原甫接风,并建议刘原甫到平山堂去走一走,看一看,还特意以平山堂为题,写下了一首《朝中措》词赠给刘原甫:

平山阑槛倚晴空,山色有无中。手种堂前垂柳,别来几度春风? 文章太守,挥毫万字,一饮千钟。行乐直须年少,尊前看取衰翁。

这首《朝中措》,笔调洒脱,气势豪放,与当时词坛盛行的脂粉缠绵的词风大相径庭。因此,该词一经问世,不胫而走,立即引起了轰动,这不仅使欧阳修又一次名声大震,而且也使平山堂扬名天下了。这首词一发端即带来一股突兀的气势,笼罩全篇。"平山阑槛倚晴空",顿然使人感到平山堂凌空矗立,其高无比。这一句写得气势磅礴,便为以下的抒情定下了疏宕豪迈的基调。接下去一句是写凭栏远眺的情景。登上平山堂,负堂而望,则山之体貌,应该是清晰的,但词人却偏偏说是"山色有无中"。这是因为受到王维原来诗句的限制,但从扬州而望江南,青山隐隐,自亦可作"山色有无中"之咏。以下两句,描写更为具体。此刻当送刘原甫出守扬州之际,词人情不自禁地想起平山堂,想起堂前的垂柳。"手种堂前垂柳,别来几度春风",深情又豪放。其中"手种"二字,看似寻常,却是感情深化的基础。词人在平山堂前种下垂柳,不到一年,便离开扬州,移任颍州。在这几年中,垂柳之枝枝叶叶都牵动着词人的感情。下片三句写所送之人刘原甫,与词题相应。此词云"文章太守,挥毫万字",不仅表达了词人"心服其博"的感情,而且把刘原甫的倚马之才,作了精确的概括。缀以"一饮千钟"一句,则添上一股豪气,于是一个气度豪迈、才华横溢的文章太守的形象,便栩栩如生地站在我们面前。词的结尾二句，先是劝人，又回过笔来写自己。钱别筵前，面对知己，一段人生感慨，不禁冲口而出。无可否认，这两句是抒发了人生易老、必须及时行乐的消极思想。但是由于豪迈之气通篇流贯，词写到这里，并不令人感到低沉，反有一股苍凉郁勃的情绪奔泻而出，涤荡人的心灵。

宋神宗元丰二年四月，苏东坡路过扬州，慕平山堂之名，特来此游览。

当时欧阳修已去世好几年了，但平山堂的粉墙上，仍清晰地留有他那笔走龙蛇的墨迹。苏轼是欧阳修的学生，站在平山堂看着老师的墨迹他又回忆起当年考进士时的情景。

那时候，欧阳修是主考官。欧阳修十分欣赏苏东坡的才华，使他不仅考中了进士，步入仕途，还多次鼓励和提拔他。

而今，欧阳修已经作古，自己在仕途上又多坎坷，想起这些往事，真像是一场大梦。

于是，苏轼也题了一首词，描写平山堂，怀念欧阳修老师。

从此，平山堂更加出名，不但成了名胜，更吸引了众多的人来此游览观光。

又过几年，有一位爱钻牛角尖的书呆子来平山堂游玩。他在平山堂的前前后后转了一圈，突然如同发现了什么了不起大事似的叫了起来：

"欧阳修肯定是个近视眼，平山堂对面的那几座山距离平山堂这么近，看上去很清楚啊！他要不是近视眼，怎么会在《朝中措》词中说'山色有无中'呢？"

于是这位爱钻牛角尖的仁兄洋洋自得，他以为人们一听他的这番议论，就会想到：欧阳修如果不是近视眼，那么他那首《朝中措》写的就有毛病；如果欧阳修是个近视眼，那么他这首《朝中措》就只是写给近视眼人看的。

在当时，欧阳修已是声名远播，人们都非常敬重他，可是这个爱钻牛角尖之人的话好像也有道理。

于是，这件事便在当时的文坛上，成了一桩悬而未决的公案。

后来这件事被苏东坡听到了。当时苏东坡正在黄州，他的好朋友张梦得在黄州的江边上建了一座亭子，刚刚竣工，还没有命名，张梦得便请苏东坡到亭子里来游玩。

苏东坡接到邀请，欣然前往，在亭子里他们纵观山光水色，开怀畅饮美酒，玩得十分尽兴，非常愉快，于是，便为此亭命名，称之为"快哉亭"。

题罢亭名，苏东坡犹觉兴致未尽，还要写首词赠给张梦得，以答谢他的邀请之情。

于是苏东坡便在他的词中，借机把"山色有无中"解释给人们听，了结了这桩公案，他给出了合理的解释：在平山堂这个地方欣赏"山色有无中"的景色，必须是在烟雨迷蒙的时候。

苏东坡的这种解释言外之意是十分清楚的：对那个爱钻牛角尖、斗胆指责欧阳修是近视眼的人，恰恰是他少见多怪，而近视眼的也正是他自己。

3 自称天帝的"山水郎"

鹧鸪天（西都作）
朱敦儒

我是清都①山水郎，天教分付与疏狂。曾批②给雨支风券，累上留云借月章。　　诗万首，酒千觞。几曾着眼看侯王？玉楼金阙慵归去，且插梅花醉洛阳。

注释

①清都：神话传说中天帝的宫阙。山水郎：管理山水的郎官。
②"曾批"两句：意思是天帝批准我管理露、风、云、月的。

译文

我是天帝的山水郎，天生的怠慢不拘和轻狂。曾经给朝露晓风下命令，多次让彩云慢徜徉。闲吟万首诗，醉饮酒千觞，什么时候也不把王侯放心上。朝堂金殿我懒得去，只愿隐居在洛阳。

背景故事

朱敦儒字希真，号岩壑，河南洛阳人，在宋代的词坛上，虽不是一流的大家，却也是有着相当名气的人物。

朱敦儒出身仕宦人家，他的父亲朱勃曾于宋哲宗绍圣年间做过谏官。那时的北宋王朝还是一派安定繁荣，到处是太平景象，这就使得朝野上下滋生了一种优游享乐之风。此风一兴，人们争相享乐，把国家社稷统统都丢到了脑后。

但朱敦儒与那些花花公子有所不同，他没有把自己的青春时光全都消磨在红袖青楼的荒唐中，去追求醉生梦死，他还留有一分清醒，去认真地读书学习。

对于诗词歌赋，朱敦儒有一种炽烈的情感，于是他热心于学习、揣摩前人留下的优秀作品，并以此砥砺自己的品行、德性。功夫不负有心人，在岁月的流逝中，他不断地学习，到中年时，朱敦儒已被人们称誉为"志行高洁"的人了。此时他虽未考取功名，只是一介布衣，但在朝野上下都有了一定的声望。

在安定繁荣中潜伏的危机一步步地逼近了。北宋末年，金兵大举南侵的战事虽未发生，但他们已蠢蠢欲动，随时都有南侵的可能。

朱敦儒名声在外，他的朋友们便极力劝他离开洛阳，到京都谋个一官半职。而北宋朝廷呢，也早已听说过朱敦儒的大名，因而召他进京，想任命他为学官。

朱敦儒却不为所动，一口回绝了朋友们的劝告。对皇帝他只说自己久居乡间，不懂得朝纲国事，不能担此重任。功名利禄在朱敦儒的眼中无足轻重，他根本没有把做官当成一回事。他在赠给友人的一首《鹧鸪天》词中是这样说的：我是清都山水郎，天教分付与疏狂……

在词中，朱敦儒将自己描绘成了一个"斜插梅花，傲视侯王"的"山水郎"，给人留下极为深刻的印象。

朱敦儒的这种性格，在北宋末年"靖康之变"发生以后的很长一段时间里也不曾改变。

金兵入侵中原，烧杀掠抢，无所不为。朱敦儒与当时的朝官、名流、绅士们一道携家南逃，先来到淮扬地区，以后又渡过长江，来到金陵。

这时，宋高宗赵构也逃到了金陵，正在那里筹建南宋政权，由于朱敦儒久有名望，便有人向朝廷推荐朱敦儒为"文武之才"，建议朝廷对他提拔重用。

可是，朱敦儒还没有改变"山水郎"的初衷，始终不肯赴召，便从金陵沿长江溯流而上，经江西南下，一路观山赏水，避难到广东的雄州去了。

宋高宗绍兴二年，正是南宋王朝用人之际，此时又有人推荐朱敦儒到朝廷做官。

但他仍然不想出仕。第二年，宋高宗正式颁下诏令，任命朱敦儒为迪功郎。可是他不赴任。朝廷有些急了，命肇庆府督促他立即上任。就在这种情况下，朱敦儒还是迟迟不想赴召。朋友们看到他如此固执，都来相劝。这才使他幡然而起，从岭南赶赴临安。

朱敦儒一来到京城，宋高宗立即在便殿召见了他，听了他明畅通达的议论，旷达疏放的对策，心中十分高兴，认为朱敦儒是个不可多得的人才。于是赐他进士出身，为秘书省正字，兼任兵部郎官，不久又调任两浙东路提典刑狱。

此时朱敦儒的心境，也如其他爱国并有正义感的文人一样，转而关心国事，念乱忧时，忠愤之致。

但正当朱敦儒要为报效国家做番事业时，有人诬告他，而且他与主战派大臣李光来往密切，被投降派的权臣排挤，不久便被免去官职。

宋高宗绍兴十九年(1149)，朱敦儒上疏请求退居嘉禾。到了晚年的时候，他的儿子与秦桧的儿子颇有些诗酒之交，这使得他又被重新起用。不久，秦桧死去，他又被罢免了。

在宋高宗绍兴二十九年去世。

4 众女子过江拜访只为求词

贺新郎

叶梦得

睡起流莺语，掩苍苔、房栊向晚①，乱红无数。吹尽残花无人见，唯有垂杨自舞。渐暖霭、初回轻暑，宝扇重寻明月影②，暗尘侵，上有乘鸾女③。惊旧恨，遽如许④。　　江南梦断横江渚，浪粘天，葡萄涨绿⑤，半空烟雨。

无限楼前沧波意,谁采萍花寄取?但怅望、兰舟容与⑥,万里云帆何时到?送孤鸿、目断千山阻。谁为我,唱金缕⑦?

注释

①房栊:帘栊,门帘与窗棂。

②明月影:团扇之影。

③乘鸾女:月宫的仙女。此处指团扇上所画的月仙。

④遽(jú句)如许:骤然间变成这样。

⑤葡萄涨绿:谓河中涨起的绿波如绿色的葡萄酒。

⑥容与:缓缓行进的样子。

⑦金缕:古乐曲名,唐金陵歌女杜秋娘所作。

译文

黄莺的鸣声把我从梦中唤醒,时辰已近傍晚。堂外苍绿的苔藓上,落下了飞花片片。残花被风吹尽也无人看见,唯见那垂柳的枝条在风中妙舞翩翩。暮霭中已经透出暖意,初夏的暑气悄然出现。我寻出美人用过的月形团扇,扇面上已经布满灰尘,却还能见到扇上所画的仙女乘鸾。一时间旧恨涌上心头,这怨情竟来得如此突然。

大江把江南游子的梦魂截断,白浪接天,绿水涨满,烟雨迷蒙于半空之间。滚滚的波涛能否把我无限的情思传到她的画楼前,她会不会采摘江渚的萍花寄到江南?或许她正惆怅地望着江上悠悠的行船,而我远在万里何时才能回还?举头望着高飞的大雁,目光却又被千山阻断。有谁为我,唱一曲《金缕》旧篇?

背景故事

　　北宋哲宗时期，在江苏省镇江市长江边的一个小亭内有两个年轻人，正在倚着栏杆向江北眺望。其中一个穿着蓝绸长袍，器宇轩昂，显得很有气势。这人便是今科新中进士现任丹徒县尉的叶梦得。另一位公人打扮的是县里的监官。叶梦得上任后，郡守十分器重他，让他检查征税的情况。所以他常常来到江边渡口上对来往商船进行税务督查。这天，他与监官及几名小吏又来到渡口，正闲着没事眺望远处美景的时候，突然发现江中有一条彩色的大船由江北向南岸驶来。船上坐着许多漂亮女子，正大声地说笑。叶梦得开始以为是富贵人家的眷属，出来游江的，刚要回避，大船已靠岸停泊。十几个穿着艳丽的年轻女子上了岸，一直来到小亭上。一个女子对小吏说："请问哪位是叶先生？请替我们通报一下，我们是专程来拜访他的。"还没等小吏开口，叶梦得已听到了，只得走上前来，问道："诸位小姐找我叶某有什么事吗？"这些女子一听眼前这位书生模样的青年就是叶梦得，全都过来向他行礼问好。其中一个长得最漂亮、装束又艳丽的姑娘，走到前面来，对叶梦得说："先生博学多才，词名传遍江东。我们是仪征的官妓（唐宋时在官场侍奉宴会的女子），久闻先生大名，想要侍奉在先生身旁，只可惜身属乐籍，半点由不得自己。仪征的过往宾客很多，官家无时无刻不大开宴会，我们侍奉过往官员，要想得到片刻的空闲也是不行的。恰好今天是太守家里私忌（故去亲人的忌日）的日子，郡官皆不会集，也不开宴，所以我们借机过江来拜见先生一面，这真是老天爷带给我们的幸运啊！"叶梦得听后连忙说："我只是徒有虚名，承各位姑娘错爱，实在是不敢当，各位快请坐。"叶梦得一边招呼这些姑娘在亭内石凳上落座，一面让监官去备办酒菜。那位领头的姑娘又站起来说："不劳先生费心，我们已准备酒食，先敬一杯给先生，愿先生长寿！并请先生大笔挥毫，使我们回去，在别人面前展示，且引为无上的光荣，我们愿望足矣！"说完，奴仆们已将几个食盒捧上，打开一看，山珍海味，各种菜肴齐备，而且精美异常。女子们将酒菜一一罗列于亭内石桌之上。亲自动手为叶梦得斟上一杯酒，并为监官及小吏也一一斟上，由领头的女子陪饮。其余几位姑娘纷纷起身献艺。她们挥动长袖，载歌载舞，还有几位女郎在用笙箫、琵琶伴奏，看得几位官差心醉神迷。

酒过数巡，领头的女子站起身，令下人取来笔墨，请叶梦得写词。叶梦得早想写一首回忆江南旧事的《贺新郎》，虽有旧稿，但一直不满意，故迟迟未能定稿。如今，他望着远处浩浩东去的长江和秋江上空哀哀叫着向南飞去的失群孤雁，再看看眼前这些女子，往事如潮，在他心中起伏。只见他笔酣墨饱，淋淋沥沥，在尺幅花笺上飞龙走蛇，顷刻间一首《贺新郎》词已写好。写完后，亲自过目一遍，一字不改，即送到这些女子面前。那些歌舞的姑娘早已停止了歌舞，凑上前来一起观赏。连连称赞，说是好词。这时领头的那位女子取过琵琶，一面弹奏，一面唱起了这首《贺新郎》来。那歌声缠绵悠扬，把周围的客人也都吸引了过来。这首词是见故物怀恋人之作。上片由午睡后所见夏景写起，流莺、苍苔、乱红，表明春尽夏来，引出宝扇，触发怀人遐思，抒寂寞凄清的离愁。初夏不见景，只写寻扇一细节，旨在勾起对伊人的思念，更触发惊心动魄的回忆。"残花"、"自舞"云云，隐露寂落之感。下片由"旧恨"生出，追忆往事，江景恢阔空濛，撩起怅惘情事。云帆不到，山河阻隔，自然逼出一声喟叹，画龙点睛。以愁起，以恨终。

5 有饮水处即有其词的歌者

八声甘州

柳永

对潇潇暮雨洒江天①，一番洗清秋。渐霜风凄紧，关河冷落②，残照当楼。是处红衰翠减③，苒苒物华休④。唯有长江水，无语东流。

不忍登高临远，望故乡渺邈，归思难收⑤。叹年来踪迹，何事苦淹留⑥？想佳人、妆楼凝望，误几回、天际识归舟？争知我、倚栏杆处，正恁凝愁。

注释

①潇潇：形容疏疏落落的样子。
②关河：关山江河。
③是处：到处、处处。红衰翠减：指红花凋谢，绿叶衰枯。
④苒苒：渐渐地。物华：自然景物。
⑤归思：归家的心情。
⑥何事：何故，为什么。淹留：长久地滞留。

译文

面对黄昏时凄凄秋雨浇洒过的江天，似乎荡尽了尘埃烟雾。渐觉得凉风一阵紧似一阵，举头眺望关山江河，早已变得肃杀冷落，残阳如血，正照在楼头。到处是片片枯花败叶，万物的凋零已不可挽留。只有那滔滔的长江之水，默默无语一直向东流。

不忍心登上高楼眺望远方，望不见远在千里之外的故乡，那思家的心绪更无法羁收。可叹近年来漂泊无定，为什么甘心在外苦苦逗留？想到那可意的美人儿正在绣楼中凝望，耽误了她多少次辨认我的归舟？你怎知我如今也是如此，倚在栏上，更无法排遣这别恨离愁。

背景故事

柳永是北宋时期最著名的词人之一，在年轻时柳永也像封建时代的大多数知识分子一样，把科举考试作为自己人生的第一要务，哪知他的仕途却充满了坎坷。他第一次赴京赶考，没有考上。他轻轻一笑，没有在意，等了五年，第二次参加科考又没考上。他便写了一首《鹤冲天》：

"黄金榜上，偶失龙头望。明代暂遗贤，如何向？未遂风云便，争不恣狂荡？何须论得志。才子词人，自是白衣卿相。　烟花巷陌，依约丹青屏障。幸有意中人，堪寻访。且恁偎红翠，风流事，平生畅。青春都一晌。忍把浮名，换了浅斟低唱。"

很明显这是一首发牢骚的词，说的是我没考上有什么关系呢？只要我有才，也一样会被社会承认，我是一个没有穿官服的官。要那些浮名有什么用呢？还不如抛弃它，把酒高歌。柳永正是用他那美丽的词句和优美的音律征服了所有的市民，在所有官家和民间的歌舞晚会上都能听到他的作品，最后还传到了宫里。当时的皇帝宋仁宗听到这首词大为恼火。

又过了三年，柳永再次参加科举考试，终于以他出众的才华脱颖而出。但是当皇榜的名单送到皇帝那里圈点的时候，宋仁宗看到了柳永的名字，想起了他那首《鹤冲天》，就在旁边批道：你不是不要浮名吗，为何还有此一举。把他的名字勾掉了。

皇上轻轻地一笔，彻底把柳永推到市民堆里去了。从此他终日流连于歌馆妓楼，瓦肆勾栏，他的文学才华和艺术天赋与这里喧闹的生活气息、优美的丝竹管弦、多情婀娜的女子产生了共鸣。仕途上的失意并没有妨碍他艺上的创造，可以说，正是这种失意造就了独特的词人柳永，造就了独特的"俚俗词派"。

柳永浪迹于歌楼妓馆，以卖词为生，这样生活了17年。然而就是这17年，成就了他日后在中国文学史上的盛名。17年后，在柳永47岁那年，他将名字改成了柳永方才考中进士，做了几任小官。对柳永而言，很难说他的经历是幸运的还是不幸的。然而，对于中国文学尤其是宋词来说，这段不要浮名的遭遇却绝对是大幸。

也许没有当年的那种境遇，也就没有柳词的传诵千古。他的遭遇为他提供了一个接近和了解下层人民的机会，为他反映人民疾苦的词作注入了生命和活力。柳永是北宋第一位专业词人，他精通音律，尤其熟悉歌妓们演唱的民间乐曲，加之他长年往来于秦楼楚馆，流连于教坊歌台，受到了乐工、歌妓的影响，才得以创造出以白描见长，铺叙点染，状抒情致的柳体词。与皇家贵族相比，柳永是仁爱的。他的词对聪明多慧而又不幸的歌妓深表同情，写出了她们对正常人生活的向往，对真挚爱情的追求，因此柳永受到了她们的爱戴和尊重。

柳永考了四次才中了进士，这四次大考共取士916人，其中多数人都顺顺利利地当了官，有的或许还很显赫，但他们早已被历史忘得干干净净，然而柳永却至今还享有殊荣。

他的这首"八声甘州"抒写羁旅悲秋，相思愁恨。上片写景。以暮雨、霜风、江流描绘了一幅风雨急骤的秋江雨景："潇潇"状其雨势之狂猛；"洒江天"状暮雨铺天漫地之浩大，洗出一派清爽秋景。"霜风凄紧"以下写雨后景象：以关河、夕阳之冷落、残照展现骤雨冲洗后苍茫浩阔、清寂高远的江天景象，内蕴了萧瑟、峻肃的悲秋气韵。而"残照当楼"则暗示出此楼即词人登临之地。"是处"二句写"红衰翠减"的近景细节，词人情思转入深致低回，以"物华休"隐喻青春年华的消逝。"长江水"视野转远，景中见情,暗示词人内心惆怅、悲愁恰似一江春水向东流,成为由景入情的过渡,引发下片抒情。"不忍登高"乃是对登楼临远的反应,词人便层层揭示"不忍"的原因:一是遥望故乡,触发"归思难收";二是羁旅萍踪,深感游宦淹留;三是怜惜"佳人凝望",相思太苦。层层剖述,婉转深入,特别是"想佳人",揭示出"不忍"之根,更悬想佳人痴望江天,误认归舟的相思苦况;不仅如此,还转进一层反照自身,哀怜佳人怎知我此刻也在倚栏凝望!这篇《八声甘州》,被苏东坡慧眼识得,说其间佳句"不减唐人高处"。须知这样的赞语,是极高的评价,东坡不曾以此许人的。

6 人生不同时期的听雨感受

虞美人(听雨)

蒋捷

少年听雨歌楼上,红烛昏罗帐①。壮年听雨客舟中,江阔云低断雁叫西风②。

而今听雨僧庐下③,鬓已星星也④。悲欢离合总无情⑤,一任阶前点滴到天明。

注释

① 罗帐:丝绸的帐幕。

② "断雁"句:孤雁在西风中凄厉地叫。

③僧庐：僧房。

④星星：形容头发斑白。

⑤"悲欢"句：遇到悲欢离合之事都已无动于衷。

译文

少年时在华贵的歌楼上听雨，红烛的微光笼罩着罗帐，一片温馨景象。壮年时在飘摇的客船上听雨，江阔云低西风中传来孤雁的叫声，令人倍感凄凉惆怅。如今在清寂的僧房里听雨，已是两鬓添霜。现在的我对悲欢离合已麻木，任凭阶前冷雨点点滴滴落。

背景故事

南宋著名词人蒋捷在年轻时读书十分刻苦，再加上天资聪慧，很快就考中了进士，同时也成了当时词坛上的一位名人，而且是格律派词家中比较特殊的一位词人。

南宋朝廷腐败无能，经常遭受元兵侵扰。百姓无半日安宁，兵荒马乱之中，蒋捷也经常随着人流到处逃难。

有一次，蒋捷随难民们逃到了吴江，此时，黑云在天边翻滚，当他乘船过了秋娘渡，刚刚来到泰娘桥附近，便没完没了地下起了春雨。都说是秋风秋雨愁煞人，但这春风春雨对身在异乡的游子来说，也不亚于那秋风秋雨，真是恼人愁怀。

正在他百无解脱之时，恰巧看到前面村庄的酒楼上，酒帘高挑，便产生了借酒浇愁的念头，于是快赶几步，去酒楼喝上几杯。

来到酒楼刚刚坐下便听有几声吴音传来，思乡之情不禁油然而生。这让他发出感叹，不知道这种逃难的日子何时才能结束。

蒋捷坐的正是个靠窗户的座位，坐定后，那浓浓的吴音仍缭绕在耳边，再侧耳细听,仿佛又没了。百无聊赖中,蒋捷抬头朝院中望去,院中那一年一度的樱桃此时已经成熟了,春雨中,它们颗颗饱满,艳红欲滴;再看旁边的美人蕉,修长的绿叶已快探到窗口了,在春风中是那样怡然自得。

红樱桃、绿芭蕉,在春风春雨中伴着蒋捷。三杯薄酒下肚,蒋捷不禁生出许多想法。他暗自想道:在这春风春雨中,自然界的生物尚能自由自在地生长,而自己一个七尺高的男儿却身不由己,被战乱与敌寇逼得离乡背井四处逃难。

想到这里,他不免感伤起来。于是向店家借来纸笔,即兴填下一首《一剪梅》:

一片春愁待酒浇,江上舟摇,楼上帘招。秋娘渡与泰娘桥,风又飘飘,雨又萧萧。　　何日归家洗客袍?银字笙调,心字香烧。流光容易把人抛,红了樱桃,绿了芭蕉。

这首词的大意是:

游子的春愁借酒浇,但只见江上船儿摇,楼上的酒帘儿挑。无论是秋娘渡还是泰娘桥,都是春风拂拂,春雨潇潇。什么时候才能回家洗净游子身上袍?闲调银字笙,静把心香烧。岁月飞逝催人老,一年年春去夏到花儿谢了结樱桃,翠色染绿了芭蕉。蒋捷自临安失陷后,一直漂泊不定,和许多有骨气的知识分子一样,他虽然清贫却不肯做元朝的官员,表现出了高尚的民族气节。

这首《一剪梅》词透过乡思家恋,深切地反映了亡国之痛。它抒写的虽然是个人的遭际处境,但也说出了亡国者深深的苦楚。

带着满怀愁绪,这天晚上,蒋捷投宿在一座寺庙中。

寺庙的方丈见他文质彬彬知道他不是普通人,便与他交谈。谈起国破家亡,蒋捷与老方丈自然又是一番感慨。

送走老方丈,蒋捷和衣躺在床上,窗外的春雨,不停地敲打窗棂,点点滴滴一夜未眠。

由于心事重重，直到天快亮时，蒋捷才在朦胧中感到睡意，一时竟进入了梦乡：仿佛回到了少年时代，那种无忧无虑的生活真是让人感到惬意。

突然间，元兵长驱直入，铁马金戈，百姓流离失所，哀鸿遍野。大好河山支离破碎，整个中原地区，一片狼藉……

此时，突然传来叩门的声音，原来是老方丈让小和尚招呼他去用早饭，而他却还在梦中呢。

蒋捷翻身下床，对着房中的铜镜草草地梳理着自己的头发，只见铜镜中的自己已双鬓斑白，岁月与苦难在额头上刻下了深深的皱纹。此时，他深感人生的悲欢离合，犹如春梦一场。蒋捷已无心去用饭，回身坐在桌前，挥笔写下了一首《虞美人》词。

在这首《虞美人》词中，蒋捷把自己少年的浪漫生涯，中年的流离景况，以及宋亡之后、晚年悲苦凄凉的境遇与心情，都出神入化地描写出来了。他从自己漫长的生活中提炼了"听雨"这样一个典型的情景，虽然同是听雨，但在三个时期，却又有着三种截然不同的意境。

少年听雨的地点是"歌楼"，景物是"红烛"与"罗帐"，一幅五陵年少的冶游生活图画，色彩鲜明，历历在目。

壮年听雨的地点是"客舟"，景物是在"江阔云低"的肃杀的气氛中，凄厉的西风里传来声声"断雁"的哀鸣。一个怀才不遇的读书人，在风尘仆仆地奔波，绘声绘色，旅途沿溯之苦，溢于言表。

亡国以后的晚年，听雨的地点是"僧庐"。在这里作者没有写景，但谁都知道这是一个十分凄绝的环境。一个奔波了一生的词人，白发苍苍，孤苦伶仃，生活无着。

结尾两句，蒋捷概括地抒发了对自己一生难言的悲愤。

这短短的一首词其实正是人生不同阶段的真实写照。